KB075542

슬리피 할로우

워싱턴 어빙의 기이한 이야기

글_ 워싱턴 어빙

19세기 미국 낭만주의 문학의 대표적인 소설가이다. 법을 공부하고 변호사가 되었으나, 문학에 더 큰 관심을 보였으며 많은 작품을 남겼다. 유럽 지역을 여행하면서 수집한 여러 전설과 당시에 겪은 경험을 소재로 기묘한 소설을 많이 썼다. 제프리 크레이온, 디드리히 니커보커 등의 필명을 사용했다.
대표작으로는 《뉴욕의 역사》, 《스케치북》, 《그라나다의 공략》, 《알함브라 궁전의 이야기》, 《대초원 여행》, 《조지 워싱턴전》 등이 있다.

그림_ 달상

홍익대학교 애니메이션과를 졸업하고 출판, 영상, 디자인 등 다양한 분야에서 일러스트레이터로 활동하고 있다. 작품 활동에 영감을 주는 반려묘 모니카, 조르바와 함께 오늘도 한 땀 한 땀 그림을 그리고 있다.
dllb1234@naver.com

옮김_ 천미나

이화여자대학교 문헌정보학과를 졸업했다. 지금은 어린이책 전문 번역가로 활동하고 있으며, 그동안 옮긴 책으로는 《사라지는 아이들》, 《바람을 만드는 소년》, 《누더기 앤》, 《아빠, 나를 죽이지 마세요》, 《광합성 소년》, 《블랙 독》, 《거짓말쟁이와 스파이》, 《수학 바보》, 《용기 모자》, 《아름다운 아이》 시리즈, 《당당하게 실망시키기》 등이 있다.

* 본문 하단에 있는 부연 설명 중 별 모양은 작가 워싱턴 어빙의 붙임이며, 숫자는 옮긴이의 각주이다.

슬리피 할로우

워싱턴 어빙의 기이한 이야기

글 워싱턴 어빙 | 그림 달상 | 옮김 천미나

지학사아르볼

차례

워싱턴 어빙의 기이한 이야기

악마와 톰 워커

The Devil and Tom Walker

매사추세츠주[1], 보스턴에서 몇 킬로미터쯤 떨어진 곳에 깊은 해협 하나가 있다. 이 해협은 찰스만에서 내륙 쪽으로 수 킬로미터를 구불구불 이어져 들어가는데, 그 끝에 이르면 나무가 빽빽이 우거진 늪지대가 나온다. 해협 한쪽으로는 어둡고 자그마한 숲이 아름답게 펼쳐져 있다. 그 반대편은 바닷가에서 불쑥 솟아오른 땅이 높다란 언덕을 이루는데, 언덕 위에는 아주 거대하고 오래된 참나무 몇 그루가 드문드문 자라고 있다. 옛이야기에 따르면, 이 거대한 참나무 중 한 그루 밑에는 해적 키드가 묻어 둔 금은보화가 있다고 한다. 그는 배에 몰래 돈을 싣고 해협을 통해 들어와 한밤중에 언덕 기슭에 다다랐는데, 그곳은 비탈진 곳이라 접근하는 이가 없는지 감시하기에 안성맞춤인 장소였다. 눈에 확 띄는 참나무들은 언제든지 돌아와 찾을 수 있는 훌륭한 이정표가 되었다. 더욱이 금은보화를 숨길 때 악마가 앞장섰고, 이를 악마가 직접 지키고 있다고 옛이야기들은 덧붙이고 있다. 그러나 땅속

---

1) 미국 북동부 뉴잉글랜드 지방에 있는 주로, 17세기부터 미국이 독립을 선언한 1776년 이전에는 영국이 세운 식민지였다.

에 묻힌 보물엔 늘 악마가 함께하며, 특히나 부정한 방법으로 얻은 보물이라면 더더욱 그러하다는 사실은 굳이 말하지 않아도 알리라.

아무튼 해적 키드는 다시는 보물을 찾으러 오지 못했다. 보물을 숨기고 얼마 지나지 않아 보스턴에서 체포되어 영국으로 송환되었고, 해적질로 교수형을 당했기 때문이다.

1727년 무렵, 뉴잉글랜드 지방에 지진이 잦아 죄 많은 이들을 지레벌벌 떨며 무릎 꿇게 했던 바로 그 시절, 이 근처에 톰 워커라는 이름의 깡마르고 돈밖에 모르는 남자가 살고 있었다. 남자에겐 자신 못지않게 구두쇠인 아내가 있었다. 부부가 얼마나 돈을 밝혔는지, 서로를 속이기 위해 온갖 꾀를 부릴 정도였다. 여자는 손에 들어온 건 꼭꼭 숨기기 바빴다. 갓 낳은 달걀은 암탉이 채 울기도 전에 어느새 만반의 경계를 갖춘 여자의 손에 들어가 있었다. 남자는 아내가 꿍쳐 둔 돈을 찾아내려고 호시탐탐 기회를 엿보았고, 부부의 공동 재산이 되어야 마땅한 것을 두고도 두 사람은 수시로 격한 싸움을 벌였다.

부부는 빈집처럼 황량하고 궁핍한 분위기를 자아내는 외딴집에 살았다. 집 근처에는 마치 거칠고 메마른 땅의 상징이라도 되는 듯이 노간주나무 몇 그루만 띄엄띄엄 서 있었다. 굴뚝에서는 연기 한번 피어오르지 않았다. 찾아와 문을 두드리는 나그네 한 사람 없었다. 석쇠의 쇠막대처럼 갈비뼈가 그대로 드러난 가엾은 말 한 마리만 허허벌판을 어슬렁거리며 돌아다녔다. 울퉁불퉁한 자갈밭 위로 드문드문 드러난 이끼는 굶주린 말에게 오히려 감질나고 방해만 될 뿐이었다. 말은 이따금 울타리에 몸을 기대고 그 너머로 지나가는 사람들을 애처롭게 쳐다보았는데 그 모습은 마치 이 굶주림의 땅에서 제발 자신을 구해 달라고 애걸하는 것처럼 보였다.

집도 집이지만 부부의 악명 또한 높았다. 톰의 아내는 잔소리가 매우 심하고, 성질이 사나우며, 입이 거친 데다, 힘도 보통이 아니었다. 부부가 말다툼을 벌일 때면 아내의 목소리가 더 크게 들릴 때가 많았고, 간혹 남편의 얼굴을 보면 단순히 말로만 끝난 싸움이 아니었음을 알 수 있었다. 하지만 감히 둘 사이를 말리려는 사람은 없었다. 홀로 길을 가던 나그네는 무시무시한 고함과 더불어 난타전이 오가는 광경에 놀라 움찔하며 곁눈으로만 흘깃거리다 황급히 발길을 재촉했다. 아직 총각이라면 자신이 독신이라는 사실에 안도의 한숨을 내쉬었다.

어느 날, 톰 워커는 먼 이웃 동네에 갔다가 돌아오는 길에 늪지를 가로지르는 지름길을 택했다. 지름길들이 보통 그렇듯, 이 길 역시 잘못된 선택이었다. 늪지엔 거대하고 음침한 소나무와 솔송나무가 빽빽했는데, 개중에는 높이가 30여 미터에 달하는 나무들도 있어서 한낮에도 어두컴컴하여 인근의 올빼미들이 피난처 삼아 모여드는 곳이었다. 군데군데 잡초나 이끼로 덮인 구덩이와 진창이 가득해서 초록빛 겉모습에 속은 나그네들이 숨 막히는 검은 진흙 구덩이 속으로 빠지기 일쑤였다. 게다가 검은 구덩이에는 올챙이와 황소개구리, 물뱀들이 득실거렸고, 소나무와 솔송나무 줄기가 반은 잠기고 반은 썩어 있어서 마치 진흙탕 속에 잠들어 있는 악어처럼 보이기도 했다.

톰은 이 위험천만한 숲속을 한참이나 조심스럽게 헤치고 나아갔다. 깊은 진창 주변에서 위태로운 발판이 되어 주는 골풀이나 나무뿌리 위로 발을 디디며 움직이거나, 쓰러진 나무줄기 사이로 고양이처럼 살금살금 걸음을 옮겼다. 이따금 알락해오라기의 갑작스러운 울음소리나 외딴 웅덩이에서 후다닥 날아오르며 꽥꽥거리는 들오리 소리에 화들짝 놀라기도 했다. 이윽고 톰은 단단하게 굳은 땅에 이르렀다. 그곳은 늪지 한복판으로 마치 반도처럼 뻗은 땅이었다. 최초 식민지 개척자들과 벌인 전투에서 인디언들이 본거지로 삼은 몇 군데 중 한 곳이기도 했다. 이곳에서 인디언들은 아무나 쉽게 쳐들어올 수 없는 요새를 급하게 지어 여인네들과 아이들의 은신처로 삼았다.

이제는 서서히 가라앉고 있는 둑 몇 개와, 주변 늪지에서 무성하게 자라 어두운 소나무나 솔송나무들과 대조를 이루는 참나무와 다른 숲속 나무를 빼면, 인디언 요새의 흔적은 거의 남아 있지 않았다.

톰 워커가 그 오래된 요새에 다다랐을 때는 저녁 어스름이 내리는 늦은 시간이었고, 톰은 그곳에서 잠시 숨을 돌리기로 했다. 톰이나 됐으니 망정이지 이런 인적 없는 음침한 곳에서 꾸물대고 싶은 사람은 아무도 없었으리라. 이곳은 인디언 전쟁 당시 인디언들이 주술을 부리고 악령들에게 제물을 바치던 곳이라는 소문이 있었기에 보통 사람들은 이곳을 꺼림칙하게 여겼다. 그러나 톰 워커는 그런 이야기에 눈썹 하나 까딱할 사람이 아니었다.

톰은 쓰러진 솔송나무 둥치에서 잠시 쉬면서, 청개구리의 불길한 울음소리를 들으며 검은 곰팡이가 피어난 흙더미를 지팡이로 뒤적거렸다. 무심코 발치의 흙을 뒤집던 중, 그의 지팡이에 무언가 딱딱한 것이 걸렸다. 검은 이끼 덩어리를 긁어내자, 세상에나, 인디언 도끼와 함께 깊이 파묻혀 있던 쪼개진 해골이 모습을 드러냈다. 도끼에 생긴 녹이 치명타가 가해진 뒤의 흘러간 세월을 그대로 보여 주었다. 그것은 인디언 전사들이 이 마지막 거점을 사수하려 했던 치열한 전투를 생각나게 하는 을씨년스러운 상징이었다.

"쳇!"

톰이 흙을 털어 내기 위해 해골을 발로 툭 찼다.

"그 해골 건드리지 마!"

어떤 걸걸한 목소리가 말했다.

톰이 눈을 드니 바로 맞은편 나무 그루터기에 앉은 거대한 검은 남자가 보였다. 누가 다가오는 걸 보지도 듣지도 못했던 터라 소스라치게 놀랐다. 게다가 모습을 자세히 보고 나자 그는 더더욱 당황했다. 짙어지는 어둠 탓에 희미하게 보이긴 했으나, 이 낯선 이는 흑인도 인디언도 아니었다. 차림새는 투박한 인디언풍에 가깝고 몸에는 붉은 띠를 둘렀지만, 얼굴은 검은색도 구릿빛도 아닌 거무스름하니 지저분했다. 마치 불이나 대장간 풀무를 옆에 끼고 산 사람처럼 그을음이 잔뜩 묻어 있었다. 거칠고 부스스하게 헝클어진 검은 머리는 사방으로 삐죽삐죽 솟아 있었고, 어깨엔 도끼를 둘러맨 모습이었다.

그자가 붉고 커다란 눈동자로 잠시 톰을 노려보았다. 그러곤 쉰 목소리로 딱딱거렸다.

"내 땅에서 무슨 짓거리지?"

톰이 코웃음 치며 대꾸했다.

"당신 땅? 내 땅은 아니지만 당신 땅도 아닐걸? 여긴 피바디 집사 땅이거든."

"피바디 집사는 목숨이 달랑달랑~하다 이 말이야. 내 장담하지. 자신의 죄를 엄격히 돌아보고, 남들이 지은 죄에는 보다 너그러워진다면 또 모를까. 저길 봐. 피바디 집사가 어떻게 살고 있는가."

톰은 그 낯선 자가 가리키는 방향으로 고개를 돌렸고, 거대한 나무들 가운데 한 그루가 눈에 들어왔다. 겉보기엔 그럴듯하고 잎이 무성해 보였으나 속이 썩은 상태였고, 마구 도끼질을 당해 강풍이 한 번만 몰아쳐도 훅 쓰러질 것만 같았다. 나무줄기에는 피바디 집사의 이름이 새겨져 있었다. 그 모습에 톰은 사방을 둘러보았고, 대부분 키 큰 나무에는 당대 유명 인사들의 이름이 새겨져 있다는 걸 알았다. 그리고 정도는 다르나 하나같이 도끼 자국이 나 있었다. 톰이 앉은 나무는 이제 막 베인 게 분명해 보였는데, 크라우닌쉴드라는 이름이 새겨져 있었다. 그 이름을 보자 재산이 어마어마하기로 유명한 한 남자가 떠올랐다. 그는 자신의 부를 천박하게 과시하고 다녔는데, 다들 쉬쉬했지만 해적질로 얻은 재산이라는 소문이 자자했다.

검은 남자가 의기양양하게 소리쳤다.

"그자를 태울 준비가 다 끝났다 이 말이야! 이만하면 겨울을 날 땔

감이 넉넉하겠는데.”

톰이 되물었다.

“아니 당신이 무슨 권리로 피바디 집사의 나무를 벤단 말이오?”

“우선권. 이 숲은 당신네 백인 족속들이 이 땅에 발을 디디기 전부터 내 땅이었어.”

“감히 물어도 된다면, 도대체 당신은 누구요?”

“아, 나는 이름이 한둘이 아니지. 어떤 나라에서는 유령 사냥꾼이라 하고, 검은 광부라는 데도 있고. 이 인근에서는 검은 나무꾼이라는 이름으로 알려져 있지 아마. 인디언들이 이 땅을 나에게 바치고, 이따금 맛있는 냄새가 나는 백인을 제물로 삼아 구웠다 이 말이거든. 그리고 바로 너희 야만스러운 백인들에게 그 인디언들이 몰살된 뒤에는 퀘이커 교도와 재세례 교도[2]들을 괴롭히는 일에 앞장서며 즐거움을 찾고 있지. 나는 노예상들을 격려하고 지지하는 위대한 후원자이자 세일럼 마녀[3]들을 거느리고 있는 몸이야.”

톰이 확신에 차 말했다.

“그 모든 이야기를 결론지어 보건대, 내가 오해한 게 아니라면 당신

---

2) 퀘이커교와 재세례교 모두 개신교의 한 분파로, 술을 멀리하고 소박한 삶을 지향한다. 기독교인들 중에서도 가장 죄를 짓지 않을 만한 이들을 박해하고자 하는 악마의 마음이 드러나 있다.

3) 1692년 매사추세츠주 세일럼에서 일어난 마녀재판을 세일럼 마녀재판이라고 한다. 종교의 박해를 피해 이주해 온 이민자들이 죄 없는 사람들을 마녀로 몰아 죽인 사건으로, 약 5개월 동안 25명이 목숨을 잃었다.

은 보통 악마라고 불리는 바로 그자로군."

검은 남자가 제법 정중하게 고개를 까딱이며 대답했다.

"뭐라 부르든, 맞는 소리야."

물론 너무 스스럼없는 분위기라 신뢰가 안 갈지도 모르겠으나, 옛 이야기에 따르면 둘은 이렇게 첫 만남을 가졌다고 한다. 이 황량하고 외진 곳에서 이렇듯 기이한 자를 만나면 겁이 나고 불안하여 떨릴 법한데, 톰은 워낙 겁이 없고 쉽게 기죽지 않는 성격인 데다가 괄괄한 성미의 아내와 너무도 오랫동안 살았기 때문에 제아무리 악마라 해도 두렵지 않았다.

이것을 시작으로 둘은 톰이 집으로 돌아갈 때까지 길고도 진지한 대화를 나누었다고 한다. 악마는 톰에게 해적 키드가 늪에서 그리 멀지 않은 언덕의 참나무 밑에 묻어 둔 어마어마한 금은보화에 대해 귀띔해 주었다. 이 보물은 모두 자신의 지휘하에 지켜지고 있으므로, 요컨대 자신의 비위를 잘 맞추는 사람만 찾을 수 있다는 말도 덧붙였다.

악마는 톰에게 남다른 호감이 생긴지라 그 보물의 위치를 알려 주겠다고 제안했다. 그러나 으레 그렇듯 특별한 조건 하나가 따랐다. 톰이 대놓고 밝힌 적은 없으나, 그 조건이 무엇인지는 짐작할 수 있으리라. 톰은 생각할 시간을 요구했다. 돈 문제라면 사소한 일 따위에 얽매이는 성격이 아니었기에, 악마가 제시한 조건이 만만찮은 것만은 틀림없었다. 늪가에 다다르자 악마가 걸음을 멈추었다.

톰이 물었다.

"당신이 들려준 말이 모두 사실이라는 증거가 무엇이오?"

악마가 톰의 이마에 손가락을 꾹 누르며 말했다.

"자, 이것이 나의 서명이다."

그 말과 함께 악마는 돌아서서 늪지의 수풀 사이로 떠났다. 톰의 말에 따르면 땅에서 밑으로, 밑으로, 밑으로 내려가 머리와 어깨만 보이다가 나중에는 온데간데없이 사라져 버린 것처럼 보였다고 했다.

집에 도착한 톰은 자신의 이마에서 흡사 불에 덴 듯한 검은 손가락 자국을 발견했는데, 그것은 아무리 지우려 해도 지워지지 않았다.

톰의 아내가 전한 첫 번째 소식은 부유한 해적인 압살롬 크라우닝쉴드의 갑작스러운 죽음이었다. 신문들은 으레 그렇듯 "위대한 자가 이스라엘에 잠들다[4]"라며 거창한 말로 떠들어 댔다.

문득 악마가 막 베어서 태우려던 나무가 떠올랐다. 톰이 중얼거렸다.

"해적 따위 타 죽든 말든. 내 알 바 아니지!"

톰은 이제 자신이 헛것을 보고 들은 게 아니라고 확신했다.

톰은 본디 아내와 비밀을 나누는 편은 아니었으나, 워낙 꺼림칙한 비밀인지라 기꺼이 아내에게 털어놓았다. 숨겨진 보물 이야기를 들은 탐욕스러운 아내는 톰에게 악마가 내건 조건을 수락하고 자신들을 부

---

4) 구약 성경 사무엘서 하 3장 38절에서 인용된 말로, 다윗왕이 아브넬의 죽음을 슬퍼하며 하는 말이다. -너희는 오늘 이스라엘에서 한 통치자이자 위대한 자가 쓰러진 것을 알지 못하느냐?(Do you not realize that a prince and a great man has fallen in Israel this day?)

자로 만들어 줄 금은보화를 어서 갖자고 졸라 댔다. 하지만 톰은 자칫하다간 자신을 악마에게 팔아 버릴지도 모르는데, 괜히 아내 좋은 일만시키는 것 같아 단호히 거절했다. 이는 아내에 대한 단순한 반발심에서내린 결정이었다. 그 문제를 두고 수차례 격렬한 싸움이 있었지만, 아내의 말이 많아질수록 죽어도 아내 좋은 꼴은 못 보겠다는 톰의 결심은더욱 확고해졌다. 참다못한 톰의 아내는 직접 나서서 거래를 하기로 작정하고는, 악마와의 거래에 성공하면 혼자서 모든 금은보화를 차지하기로 마음먹었다.

어느 여름날 해 질 무렵, 남편 못지않게 겁이 없는 톰의 아내는 옛인디언 요새를 향해 떠났다. 몇 시간이 흐른 뒤 아내는 집으로 되돌아왔다. 와서는 말이 없고 부루퉁한 대답만 했다. 땅거미 질 무렵 한 검은남자를 만났는데 어느 키 큰 나무의 밑동에 도끼질을 하고 있었다고 했다. 그런데 웬일인지 그는 뚱하니 합의를 보려 하질 않았다. 아내는 그자의 비위가 당길 만한 제안을 가지고 다시 찾아가겠다고 했지만, 그제안이 무엇인지에 대해서는 말을 아꼈다.

이튿날 저녁, 아내는 앞치마에 무언가를 잔뜩 챙겨 다시 늪지로 떠났다. 톰은 아내를 기다리고 또 기다렸지만 헛수고였다. 아내는 자정이되도록 나타나지 않았다. 아침이 되고 한낮을 지나 다시 밤이 되었건만아내는 감감무소식이었다. 톰은 아내에게 무슨 일이 생긴 건 아닌지 불안해지기 시작했다. 앞치마에다 은주전자와 은수저, 그 밖에 값나가는물건을 깡그리 챙겨 갔다는 걸 깨닫고는 불안감이 더욱 커졌다. 다시

하룻밤이 흐르고 아침이 왔다. 그러나 아내는 돌아오지 않았다. 다시 말해, 그 뒤로는 아내 소식을 들을 수 없었다.

많은 사람들이 이런저런 추측을 했지만 부인의 진짜 운명을 아는 사람은 아무도 없었다. 역사학자들이 여러 가지 말을 쏟아 내는 바람에 도리어 더 풀리지 않는 수수께끼가 된 경우랄까. 어떤 이들은 톰의 아내가 미로처럼 복잡한 늪지 속에서 길을 잃고 구덩이나 진창에 빠졌다고 주장했다. 더 야박한 이들은 그녀가 집안의 귀중품을 챙겨 다른 지방으로 내뺐다는 생각을 넌지시 내비쳤다. 한편 악마가 그녀를 음침한 수렁으로 유인했다고 주장하는 이들도 있었는데, 바로 그 수렁 위에서 그녀의 모자가 발견되었기 때문이다. 그 증거로, 그날 저녁에 어깨에 도끼를 멘 장대한 검은 남자가 승리감에 취한 도도한 얼굴로 체크무늬 앞치마로 싸맨 보따리를 들고 늪에서 나오는 모습이 목격되었다고 했다.

그러나 최근 들어 가장 그럴듯한 설명은 이러했다. 톰 워커는 시간이 흐를수록 아내와 자기 재산의 행방이 너무도 불안해진 나머지, 기다리다 못해 그 둘을 직접 찾아보기 위해 인디언 요새로 들어갔다.

여름날의 긴 오후 내내 그 음침한 늪을 구석구석 뒤졌지만, 아내는 어디에도 보이지 않았다. 이름도 계속 불러 봤지만 아내의 목소리는 어디에서도 들리지 않았다. 알락해오라기만이 우우 소리 내며 날아가면서 그의 목소리에 응답하거나, 가까운 웅덩이에서 황소개구리만 구슬프게 개굴거렸다. 어느덧 사방에서 올빼미가 울고 박쥐들이 휙휙 날아다니며 어둑어둑 날이 저물기 시작했다. 그때 삼나무 주위를 빙빙 돌며 요란하게 울어 대는 까마귀 떼가 눈에 들어왔다. 가만 보니 체크무늬 앞치마로 둘둘 말아 놓은 보따리 하나가 나뭇가지에 매달려 있었고, 바로 그 옆 가지에 거대한 독수리 한 마리가 매섭게 내려앉아 있었다. 마치 그 보따리를 감시하는 것처럼 보였다. 톰은 그것이 아내의 앞치마라는 걸 깨닫고 귀중품이 담겨 있을 거라는 생각에 기뻐서 어쩔 줄 몰랐다.

톰이 스스로를 위로하며 말했다.

"하는 수 없지. 저거라도 가져가서 마누라 없이 살아 보는 수밖에."

톰이 나무를 기어 올라가자 독수리가 날개를 활짝 펴고는 커다랗게 울며 숲의 짙은 그림자 속으로 날아올랐다. 톰은 앞치마를 움켜쥐었다. 그런데 어찌 이토록 비참한 광경이! 앞치마 속에는 사람의 심장과 간이 들어 있었다.

가장 믿을 만한 옛이야기에 따르면 그것이 워커 부인의 마지막이었다. 워낙 남편과의 거래에 이골이 난지라 악마와도 밀고 당기며 거래를 하려 했으리라. 그러나 예부터 잔소리 많은 악처는 악마도 고개를 내젓는다지만, 이 거래에서만큼은 무릎을 꿇었던 듯싶다. 그렇지만 부인 역시 가만히 당하고만 있지 않았던 게 확실하다. 사실 톰은 그 나무 주변에 갈라진 발굽 모양(유럽에서 전해 내려오는 악마의 발 모양)을 한 발자국이 여기저기 깊숙이 찍혀 있는 걸 보았고, 악마의 머리에서 뽑힌 듯한 거칠고 부스스한 머리칼도 서너 줌이나 발견했다. 겪어 봐서 알지만 그의 아내는 보통 싸움꾼이 아니었다. 톰은 격렬하게 물고 뜯은 싸움 끝에 남은 흔적들을 보며 어깨를 으쓱하고는 혼잣말로 중얼거렸다.

"어허! 악마도 혼쭐이 났겠군!"

톰은 별로 감정에 치우치지 않는 성격인 터라, 재산을 잃은 아픔을 아내를 잃은 것으로 대신 위로받았다. 심지어 악마가 자신에게 친절을 베푼 듯한 생각마저 들어 악마에게 고마울 정도였다. 톰은 보다 친분을 돈독히 하고자 악마를 찾아다녔지만 한동안 악마는 보이지 않았다. 왠지 일부러 피하는 눈치였는데, 사람들은 어떻게 생각할지 몰라도 악마는 청한다고 무조건 나타나는 존재가 아니기 때문이다. 악마는 자신이 쥐고 있는 패가 확실할 때, 언제 어떻게 그 패를 써야 할지 누구보다 잘 아는 자였다.

전하는 이야기에 따르면, 좀체 모습을 드러내지 않는 악마로 인해 애가 타다 못 한 톰이 약속된 보물을 얻지 못할 바에는 악마가 무슨 조건을 내걸든 무조건 동의하고 싶은 마음이 들 때쯤, 드디어 어느 저녁 다시 악마를 만났다. 악마는 평소처럼 나무꾼 복장을 하고 어깨에 도끼를 멘 채 늪가를 어슬렁거리며 콧노래를 흥얼거리고 있었다. 악마는 톰이 다가오자 짐짓 심드렁하게 간단히 대꾸하고는 콧노래를 이어 갔다.

아무튼 때를 봐서 톰이 거래 이야기를 꺼냈고, 둘은 톰이 해적의 보물을 차지하는 조건을 두고 실랑이를 벌이기 시작했다. 보통 악마가 소원을 들어주는 경우라면 으레 따르기 마련인 그 한 가지 조건이야 피차 언급할 필요도 없었다. 하지만 그에 비하면 소소하긴 하나, 그 밖에 다른 조건들에 있어 악마는 완강했다. 악마는 자신의 힘을 빌려 발견한 금은보화인 만큼 자기가 시키는 대로 써야 한다고 고집했다. 그러면서 그 돈을 흑인 노예 수송에 쓰자고 했는데, 다시 말해 그 돈으로 노예선 한 척을 장만하자고 제안했다. 그러나 톰은 이를 단호히 거절했다. 그가 아무리 양심 불량이라지만 악마의 꼬임에 넘어가 노예를 사고팔 수는 없었기 때문이었다.

이 문제에 톰이 극도로 예민한 반응을 보이자, 악마는 한발 물러나 고리대금업자로 방향을 틀었다. 악마에게 고리대금업자는 충성스러운 백성과도 같아서 그 수를 늘리고자 하는 마음이 지극히 간절했다.

이에 대해선 의견의 일치를 보았다. 톰에게도 구미가 당기는 제안이었기 때문이었다.

"다음 달에 보스턴에 사무실을 열라고."

악마의 말에 톰 워커가 대답했다.

"원한다면 당장 내일이라도 하겠네."

"이자는 월 2부로 높이 치라고."

"어허, 4부 정도는 돼야지!"

"보증금을 갈취하고, 담보로 잡은 건 죄다 빼앗고, 상인들을 파산으로 내몰라 이 말이야."

"모조리 당신 앞에 대령시키겠소."

톰이 신나서 열렬히 맞장구를 치자 악마가 기뻐하며 말했다.

"벌써 고리대금업자가 다 되었군! 그래, 돈은 언제 필요하지?"

"오늘 밤 당장 주시오."

"좋아!"

"좋소!"

그렇게 둘은 악수를 하며 계약을 맺었다.

며칠 뒤, 톰은 보스턴에 위치한 회계 사무실 책상 앞에 앉아 있었다. 수중에 현금이 많고, 돈을 잘 빌려준다는 소문이 곧 널리 퍼져 나갔다. 벨처 총독[5] 시절 하면 누구나 알다시피, 당시는 특히나 돈이 귀했다. 신용 거래가 지배하던 시기였다. 정부에서 발행한 어음이 넘쳐 났다. 유명한 토지 은행이 설립되었다. 투기가 대유행이었다. 사람들은 새로운 정착 계획과 황야에 도시를 건설하는 일에 미쳐 있었다.

토지 투기꾼들은 토지 지구와 행정 구역이 표시된 지도를 가지고 다녔다. 하다 하다 엘도라도[6] 지도까지 등장했는데, 그곳이 어딘지는 아무도 몰라도 누구든 기꺼이 살 준비가 되어 있었다. 한마디로, 간혹 전국을 휩쓸던 어마어마한 투기라는 열병이 이미 두려울 지경까지 급속도로 번졌고, 사람들은 무일푼에서 벼락부자가 되기를 꿈꾸고 있었다.

그러나 늘 그렇듯, 그러한 열병은 어느새 잠잠해졌고, 부푼 꿈은 사

---

5) 조나단 벨처(Jonathan Belcher, 1681~1757)는 영국 출신의 매사추세츠주 식민지 총독이다. 자신의 봉급 문제로 하원과 끊임없는 갈등이 일어난 것을 비롯해 영국 왕의 통치권 범위나 동부 지역의 토지 투기 문제 등으로 논란이 일었다.
6) 16세기 스페인인들이 남아메리카 아마존강 근처에 있다고 상상했던 황금의 나라이다.

라졌으며, 그와 함께 마음속으로 그리던 부도 날아가고 말았다. 일확천금을 꿈꾸다 수난을 겪게 된 이들은 비통한 처지에 빠졌고, 온 나라가 '불황'으로 인한 울부짖음으로 가득했다.

이렇듯 많은 이들이 고통에 시달리는 시기상의 이점을 살려 톰 워커는 보스턴에서 고리대금업자로 사업을 시작했다. 그의 사무실은 찾아오는 손님들로 문지방이 닳을 지경이었다. 돈이 궁한 사람들과 앞뒤를 가리지 않고 돈을 빌리려는 사람, 도박꾼, 아직도 꿈을 버리지 못한 토지 투기꾼, 씀씀이가 헤픈 무역상, 신용이 불량한 상인까지. 다시 말해, 수단과 방법을 가리지 않고 돈을 마련할 길을 찾아야 하는 모든 사람이 톰 워커에게 몰려들었다.

그리하여 톰은 돈이 필요한 이들에겐 누구에게나 친구가 되어 주었고, 마치 '힘들 때 돕는 친구'인 양 행세했다. 그러나 돈을 갚을 능력이 확실하고 담보 또한 분명해야만 했다. 돈을 빌리는 이들이 처한 상황에 따라 빌려주는 조건도 달라졌다. 보증금과 담보가 점점 늘어 갔다. 그는 고객들을 서서히 쥐어짜다가 결국에는 바싹 마른 스펀지처럼 물 한 방울 남지 않은 처지가 되고 나면 문간에서 내쫓아 버렸다.

이런 식으로 톰은 부쩍부쩍 돈을 모아 부와 권력을 모두 얻었고, 사무실에 삼각모[7]를 높이 걸어 부와 명예를 뽐냈다. 다들 그렇듯 톰 역시

---

7) 18세기에 유행했던 모자로, 유럽에서는 귀족뿐만 아니라 평민이나 군인도 즐겨 착용했다. 미국에서는 초대 워싱턴 대통령부터 5대 제임스 먼로까지 5명의 대통령이 이 모자를 쓴 것으로 유명하다. 따라서 여기에서는 명예를 상징하는 것으로 보인다.

재산을 과시하기 위해 대저택을 지었다. 하지만 지독한 구두쇠였던 터라 집의 대부분이 미완성이었고 가구조차 들여놓지 않았다. 심지어 허영심에 가득 차 마차 한 대를 세워 두었으나 정작 마차를 끌 말들은 굶어 죽기 직전이었다. 게다가 바퀴는 차축에 기름을 치지 않아 삐걱대며 끼익 소리가 났고, 이는 톰이 가차 없이 쥐어짜는 딱한 채무자들의 영혼들이 내뱉는 소리처럼 들렸다.

하지만 톰은 늙어 갈수록 점점 생각이 많아졌다. 세상의 좋은 것들을 손아귀에 넣긴 했으나 차츰 앞날이 걱정됐다. 악마와 거래를 한 일이 후회스러웠고, 악마를 속여 약속한 조건들을 지키지 않을 방법이 없을까 머리를 쥐어짜며 고민했다.

그리하여 톰은 갑자기 열심히 교회에 나가기 시작했다. 마치 목소리가 커야 천국에 갈 수 있기라도 한 양 누구보다 간절하고 우렁차게 기도했다. 주일 예배에서 톰이 외쳐 대는 소리를 들으면 주중에 그가 얼마나 많은 죄를 지었는지 알아챌 정도였다. 천국으로 놓인 길을 향해 겸허하고도 한결같은 마음으로 나아가는 조용한 신자들은 이제 막 하느님을 믿겠노라며 나타난 이 남자가 자신들을 능가할 정도로 열렬한 신앙심을 보여 주자 괜한 자책감에 사로잡혔다.

톰은 신앙에 있어서 돈 문제 못지않게 확고한 태도를 보였다. 그는 엄격한 잣대로 이웃들을 감시하고 비난했는데, 마치 그들의 장부에 기재되는 죄가 곧 자신의 장부에는 훌륭한 평판으로 기록되기라도 하는 것처럼 여기는 모양이었다. 심지어는 퀘이커 교도와 재세례 교도들의 박해를 부흥시켜야 한다는 주장까지 펼쳤다. 톰의 종교적 열의는 그의 부 못지않게 점점 악명이 높아졌다.

그러나 톰은 형식적인 면에서는 이렇게 피나는 관심을 기울였지만 악마에 대한 두려움, 결국은 대가를 치르고 말 것이라는 두려움은 가시지 않았다. 전해지는 말에 따르면 톰은 언제 악마가 들이닥칠지 몰라 늘 외투 주머니 속에 작은 성경책을 가지고 다녔다고 한다. 그것도 모자라 사무실 책상에는 대형 성경책을 올려 두었고, 볼일이 있어 찾아온 사람들은 그가 성경책을 읽는 모습을 자주 보았다고 했다. 손님들이 찾아올 때면 그는 초록색 안경으로 읽던 자리를 표시해 놓고, 돌아서서는 다시 고리로 돈을 빌려주었다는 것이다.

어떤 이들은 톰이 늘그막에 노망이 났다고 수군대기도 했다. 톰이 죽을 날이 다가오고 있다는 망상에 사로잡혀 편자와 안장과 굴레를 새로 갈아 끼운 말을 땅에 거꾸로 묻어 버렸다고 한다. 그 마지막 날이 오면 세상이 뒤집힐 거라고 생각했기 때문이었다. 그렇게 되면 언제든 달릴 준비를 마친 말을 찾아내 최악의 경우 말을 타고 달아날 작정이었다나. 하지만 이는 얼토당토않은 헛소문에 불과했다. 만일 톰이 그러한 대비책을 마련한 게 사실이라면 그것이야말로 공연히 헛심만 쓴 꼴이 되고 말았으리라. 아무튼 믿을 만한 이야기에 따르면 톰 이야기의 결말은 다음과 같다.

삼복더위가 한창이던 어느 무더운 오후, 하늘이 시커메지면서 우르릉거리는 천둥과 함께 돌풍이 일기 시작했다. 톰은 흰 리넨 모자와 인도산 비단으로 만든 가운을 걸치고 사무실에 앉아 있었다. 그는 지금까지 더없이 좋은 친구라 자처했던 불운한 땅 투기꾼에게 받은 담보를 몰수해, 그를 완전한 파멸의 길로 이끌려던 참이었다. 그 가엾은 투기꾼은 톰에게 부디 몇 달만 관용을 베풀어 달라 애원했다. 톰은 인정머리 없이 짜증을 내며 더는 하루도 봐줄 수 없다며 거절했다.

투기꾼이 사정했다.

"그럼 우린 빈털터리가 돼서 온 가족이 교회에 빌붙어 살아갈 신세가 된단 말이네."

톰이 대꾸했다.

"내가 지금 남 신경 쓸 때가 아니네. 이런 불경기에는 나 먼저 살고 봐야지."

"자넨 내 덕에 돈을 많이 벌지 않았나."

그 말에 격분한 톰은 그만 인내심도 신앙심도 잃고 말았다.

"내가 땡전 한 푼이라도 벌었으면, 악마더러 날 잡아가라고 하게나!"

바로 그때 현관문을 크게 세 번 두드리는 소리가 들렸다. 톰은 누가 왔나 보려고 나가 보았다.

검은 말을 데리고 나타난 악마였다. 말은 히이잉 울며 초조하게 발을 굴렀다.

악마가 우악스럽게 말했다.

"톰! 너를 데리러 왔다!"

톰은 움찔거리며 뒷걸음질 쳤지만 너무 늦었다. 작은 성경책은 외투 주머니 속에 있었고, 책상 위 커다란 성경책은 이제 막 몰수하려던 담보 문서 더미에 파묻혀 보이지 않았다. 일찍이 이토록 벼락같이 끌려 간 죄인도 없었다. 악마는 톰을 어린아이처럼 휙 낚아채 말에 태웠고, 그렇게 그는 몰아치는 비바람과 천둥 번개 속을 쏜살같이 달려 나갔다. 일하던 사람들은 귀 뒤에 펜을 꽂고는 창문 너머로 톰을 뚫어져라 쳐다보았다.

말에 올라탄 톰이 눈앞에서 사라져 가자 다들 우르르 밖으로 몰려나왔다. 톰의 흰 모자가 위아래로 일렁이고 가운이 바람에 펄럭였다. 말이 땅에 발굽을 디딜 때마다 바닥에서 불꽃이 솟구쳐 올랐다. 사람들이 고개를 돌렸을 때 악마는 어느새 자취를 감춘 뒤였다.

톰 워커는 담보물을 차지하러 돌아오지 못했다. 늪가에 살던 한 남자의 말에 따르면, 비바람과 천둥 번개가 한창일 때 길에서 요란한 말발굽 소리와 말 우는 소리가 들려와 창가로 달려가 보니 진작 내가 말했던 바로 그 모습을 한 어떤 형체가 보였다고 한다. 말이 그를 태운 채 미친 듯이 들판을 가로지르더니 언덕배기를 넘어 인디언 요새가 있는 검은 솔송나무가 우거진 늪 쪽으로 내려갔다고 했다. 그리고 얼마 지나지 않아 바로 그 방향으로 벼락이 내리치더니 온 숲이 활활 불타 버린 것 같았다고 덧붙였다.

보스턴의 선량한 사람들은 고개를 휘휘 내젓고 어깨를 으쓱했다. 이곳에 처음 정착할 때부터 마녀와 요괴를 비롯해 온갖 얼굴을 한 악마

의 장난에 익숙해졌던지라, 생각만큼 그렇게 공포에 떨지는 않았다.

톰이 남긴 재산을 맡아 처리하기 위한 신탁 관리인이 임명되었다. 그러나 집행할 재산이 아무것도 없었다. 톰의 금고를 뒤졌을 땐 담보 문서와 보증금은 모두 한 줌의 재로 발견되었다. 금은보화가 쌓여 있던 그의 강철 금고엔 나뭇조각과 부스러기들만 가득했다. 마구간에는 굶 주림에 허덕이던 말 대신 해골 두 개만 놓여 있었고, 바로 그다음 날 톰 의 대저택은 불에 남김없이 타 버리고 말았다.

이것이 톰 워커와 그가 부당하게 쌓아 올린 부의 마지막이었다. 비 루하고 탐욕스러운 고리대금업자들이여, 부디 이 이야기를 마음에 새 기시길. 이 이야기가 실제로 있었던 일이라는 것은 의심의 여지가 없기 때문이다. 해적 키드가 숨긴 금은보화를 파낸, 참나무 아래 있는 그 구 멍은 아직도 그 자리에 남아 있다. 인근의 늪지와 오래된 인디언 요새 에는 비바람이 몰아치는 밤이면 가운을 걸치고 흰 모자를 쓴 채 말을 타는 형체가 종종 목격되곤 하는데, 이는 그 고리대금업자의 고통받는 영혼임이 틀림없다. 이 이야기는 그 자체로 하나의 금언이 되었으니, 뉴잉글랜드 곳곳에서 자주 쓰는 말인 '악마와 톰 워커[8]'도 바로 여기에 서 비롯되었다.

---

8) 악마와 톰 워커(The Devil and Tom Walker)에는 우리말로 '젠장', '빌어먹을'이라는 뜻이 있다.

워싱턴 어빙의 기이한 이야기

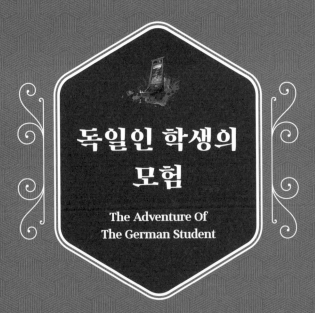

독일인 학생의 모험

The Adventure Of
The German Student

어느 폭풍우 치는 밤, 프랑스 혁명이 한창이던 그때, 한 젊은 독일인이 밤늦은 시각에 파리의 오래된 지역을 가로질러 자신의 하숙집으로 돌아가고 있었다. 번개가 번쩍였고, 요란한 천둥소리가 높고도 좁은 거리를 뒤흔들었다. 이야기를 계속하기에 앞서 먼저 이 젊은 독일인에 대해 소개부터 하는 게 순서이리라.

고트프리드 볼프강은 명문가 출신의 젊은이였다. 독일 괴팅겐에서 한동안 공부를 했는데, 몽상적이고도 열정적인 성격이라 당시 독일 학생들을 종종 당황케 했던 무모하고도 철학적인 학설들에 쉽게 빠져들었다. 남들과의 접촉을 꺼리는 은둔 생활에, 치열하게 파고드는 성미, 그리고 특이한 연구 성향은 그의 몸과 마음 모두에 영향을 끼쳤다. 건강이 나빠졌고, 상상력은 병들었다. 볼프강은 영적인 존재에 대한 공상적인 사색에 빠져들었고, 그러다 마치 스웨덴보리[1]처럼 자신만의 이상 세계가 생겼다. 무슨 연유에서인지는 몰라도, 그는 악한 기운이 자신의

---

1) 엠마누엘 스웨덴보리(Emanuel Swedenborg, 1688~1772)는 스웨덴의 대표적인 신비주의자로, 자연과학자이자 철학자이기도 하다.

주위를 맴돈다고 생각했다. 자신을 함정에 빠뜨려 끝없는 지옥으로 떨어뜨리려는 악귀나 악령이 있다고 믿었다. 워낙 우울한 성향에 그러한 생각까지 더해지자 더할 수 없이 비관적인 결과를 낳고 말았다. 그는 점점 초췌하고 의기소침해졌다. 친구들은 그를 괴롭히는 마음의 병을 발견하고 최고의 치료는 환경의 변화라는 결론을 내렸다. 그리하여 그는 남은 연구를 마무리할 수 있도록 특유의 화려하고도 유쾌함을 간직한 파리로 보내졌다.

볼프강이 파리에 도착한 건 프랑스 혁명이 막 시작되던 즈음이었다. 처음에는 대중적인 광기가 그의 열렬한 마음을 사로잡았다. 그 후 그는 당시의 정치적이고도 철학적인 이론들에 완전히 매료되었다. 그러나 피가 낭자한 광경은 그의 예민한 성격에 충격을 불러일으켰고, 집단과 세상에 혐오감을 일으켜 그는 더더욱 은둔에 가까운 생활을 하게 되었다. 그는 학생들이 주로 사는 라탱 지구의 한 독방에서 두문불출했다. 소르본 대학의 수도원 같은 담장에서 그리 멀지 않은 한 음울한 거리에서 그는 자신이 가장 즐기는 사색에 몰두했다. 가끔은 자신의 병적인 식욕을 채우기 위해 죽은 저자들의 무덤이라 불리는 파리의 거대한 도서관에 가서 먼지가 풀풀 날리는 케케묵은 옛 작품을 뒤지며 몇 시간을 보내기도 했다. 어떤 면에서 그는 쇠퇴한 문학의 납골당에서 허기를 채우는 책 먹는 귀신이나 다름없었다.

세상과 담을 쌓고 고독하게 살긴 해도 볼프강은 본래 열정적인 성격이었다. 그러나 그러한 기질이 그저 상상 속에만 갇혀 있다는 게 문제였다. 그는 여성들에게 다가가기에는 수줍음이 너무 많고 세상 물정을 모르는 사람이었다. 그러나 여인의 아름다움을 열렬히 찬미했으며, 독방 안에서 자신이 보았던 여인들의 모습과 얼굴에 대한 몽상에 종종 빠져들었다. 그의 이러한 공상 속에서는 그 아름다움이 현실을 훨씬 능가하는 모습으로 치장되기 일쑤였다.

이렇게 마음이 한껏 흥분되고 고조된 사이, 볼프강은 한 꿈에서 특별한 인상을 받게 되었다. 말로 표현할 수 없을 정도로 아름다운 여인이 나오는 꿈이었다. 그 인상이 워낙 강해서 그 꿈을 꾸고 또 꾸었다. 그 꿈은 낮이면 불쑥불쑥 떠올랐고, 밤이면 선잠을 방해했다. 결국 그는 이 꿈속의 환영에 흠뻑 빠져들었다. 이러한 일이 너무 오랫동안 계속되다 보니 우울한 남자들의 마음을 사로잡는 하나의 강박관념이 되었고, 때로는 광기로 착각되기도 했다.

고트프리드 볼프강은 그러한 사람이었고, 당시 그의 상황은 이러했다. 그는 비바람이 몰아치던 늦은 밤, 역사가 오랜 파리 마레 지구[2]의 낡고 음침한 골목들을 지나 집으로 돌아가는 길이었다. 집들이 우뚝 솟은 좁은 골목길 사이로 천둥이 요란하게 우르릉거렸다. 그는 공개 처형이 이루어지는 그라브 광장[3]에 다다랐다. 오래된 시청의 첨탑 위에서 번개가 파르르 내리치며 광장에 번쩍이는 빛을 쏟아 냈다. 광장을 가로

---

2) 프랑스 파리의 한 지구로, 전통적으로 중산층이 거주해 온 곳이자 역사적으로도 잘 알려진 곳이다.
3) 지금은 시청 광장이라고 불리는 곳이다.

지르던 볼프강은 문득 단두대 옆을 지나고 있다는 사실을 깨닫고는 두려움에 사로잡혀 몸을 움츠렸다. 당시는 이 무시무시한 죽음의 도구가 언제라도 목을 내리칠 준비가 된, 공포 정치가 절정에 달했던 시절이었다. 처형대에선 고결하고 용감한 자들의 피가 쉴 새 없이 흘러내렸다. 그날은 대학살이 무자비하게 자행되었던 날이었고, 단두대는 고요히 잠든 도시의 한가운데에서 음산하게 자리를 지키며 새로운 희생자를 기다리고 있었다.

볼프강은 역겨움에 속이 울렁거렸다. 그 섬뜩한 기구에 몸서리치며 막 돌아서려던 순간, 처형대로 올라가는 계단 발치에 웅크리고 있는 어슴푸레한 형체 하나가 눈에 들어왔다. 번갯불이 연달아 강렬하게 내리치자 형체가 보다 선명하게 모습을 드러냈다. 검은 드레스를 입은 여인이었다. 여인은 처형대 아래쪽 계단에 앉아 몸을 푹 숙여 무릎 사이로 얼굴을 숨기고 있었다. 부스스한 긴 머리는 땅에 끌린 채 억수 같은 빗물을 따라 흘러내렸다.

볼프강은 멈칫했다. 비통함의 표상이라 할 만한 이 고독한 여인의 모습에는 왠지 모를 엄숙함이 있었다. 겉모습으로 미루어 보아 평민 이상의 신분인 듯했다. 워낙 온갖 우여곡절이 넘쳐 나는 때인 데다가, 한때는 부드러운 베개에 머리를 누이던 많은 아름다운 여인들이 이제는 집도 절도 없이 떠돌아다닌다는 사실을 그 역시 잘 알고 있었다. 어쩌면 이 여인도 무시무시한 칼날에 가족을 잃고 홀로 남겨진 가엾은 이로, 더없이 소중한 이가 세상을 등진 이곳에서 가느다란 삶의 마지막

한 가닥을 간신히 붙든 채 슬픔에 잠겨 앉아 있는 것인지도 모를 일이 었다.

볼프강은 다가가 연민 어린 말투로 그녀를 불러 보았다. 여인은 고개를 들어 얼떨떨한 눈으로 그를 바라보았다. 번쩍이는 환한 번갯불 속에서 여인을 본 그는, 그동안 그토록 꿈속에 나타났던 바로 그 얼굴을 알아보고 소스라치게 놀랐다. 창백하고 비탄에 잠긴 얼굴이었지만 황홀할 정도로 아름다웠다.

혼란스러운 감정에 격렬히 몸을 떨면서, 볼프강은 다시 여인에게 다가가 말을 걸었다. 그는 비바람이 휘몰아치는 이토록 밤늦은 시간에 어떻게 이런 곳에 나와 있느냐며 지인들이 있는 곳으로 데려다주겠다고 했다. 여인은 무언가 끔찍한 일이 있었음을 암시하는 몸짓으로 단두대를 가리켰다.

"저는 이 세상에 아는 이라곤 아무도 없습니다!"

여인의 말에 볼프강이 되물었다.

"그래도 묵을 곳은 있으실 게 아닙니까."

"있지요. 무덤이 제 집이니까요!"

여인의 말에 그만 볼프강의 마음이 약해졌다.

"오해하지 마시길 바랍니다. 저를 처음 보시겠지만 감히 제안을 하자면, 저를 벗으로 여기시고 누추하긴 하나 제 집에서 잠시 머물다 가시면 어떨까 합니다. 저 역시 이곳 파리에선 아는 이 없이 혼자이며, 이 나라에선 이방인입니다. 제가 당신께 조금이나마 도움이 되는 존재이면 좋겠지만, 결정은 당신께 맡기겠습니다. 행여 폐가 되거나 모욕이라고 느끼신다면 없던 일로 하지요."

젊은이의 태도에는 마음을 울리는 진솔함이 있었다. 이국적인 억양도 호감을 샀다. 진부한 파리 시민들과는 다르다는 것을 보여 주었다. 거짓 없고 정성 어린 모습 속에는 사람의 마음을 움직이는 힘이 있기 마련인 법. 갈 곳 없는 여인은 볼프강의 보호에 의지하고픈 마음을 조심스레 내비쳤다.

볼프강은 비틀거리는 여인을 부축해 퐁네프의 다리를 건너 민중들이 쓰러뜨린 앙리 4세[4] 동상 옆을 지났다. 어느덧 휘몰아치던 비바람이 잦아들고, 멀리서 우르릉대는 천둥소리만 간간이 들려왔다. 파리 전역이 고요했다. 인간의 격정이라는 거대한 화산이 내일의 폭발을 위한 새로운 힘을 비축하고자 잠시 잠을 청했다. 볼프강은 라탱 지구의 옛 거리와 소르본 대학의 우중충한 벽을 지나 자신이 묵고 있는 거무칙칙한 하숙집 건물까지 여인을 안내했다. 문을 열어 준 늙은 관리인은 여자를 데리고 온, 우울한 볼프강에게선 좀처럼 보기 드문 광경에 짐짓 놀라 두 사람을 번갈아 쳐다보았다.

방으로 들어간 순간, 볼프강은 난생처음 비좁고 변변찮은 자신의 거처에 부끄러운 마음이 들었다. 단칸으로 된 옛날식 방은 지역의 귀족

---

4) 프랑스의 왕(1553~1610). 프랑스 역사에서 중요한 위치를 차지하는 왕으로, 암살당하고 4년 뒤인 1614년 퐁네프의 다리에 그의 동상이 세워졌으나 프랑스 혁명 당시 파괴되었다. 그 후 1818년 다시 제작되어 오늘날까지도 그 자리에 있다.

이 살던 저택이었던 덕분에 화려하게 조각된 여러 가구에 기품이 넘쳤던 예전의 흔적이 있었다. 방은 책과 종이, 그리고 그가 평소 사용하는 잡동사니로 어지러웠고, 침대는 방 한구석에 놓여 있었다.

불이 켜지자, 볼프강은 여인을 보다 찬찬히 바라볼 기회가 생겼고, 여인의 미모에 한층 더 깊이 빠져들었다. 여인의 얼굴은 창백했으나 눈이 부실 정도로 아름다웠고, 얼굴을 감싼 검고 윤기 나는 풍성한 머리칼은 그러한 얼굴을 더욱 돋보이게 했다. 반짝이는 커다란 두 눈엔 야성적으로 느껴질 정도로 기묘한 표정을 담고 있었다. 검은 드레스를 통해 완벽하게 균형 잡힌 몸매가 드러났다. 빼어나게 아름다운 외모에 비하면 옷은 소박하기 그지없었다. 장신구라고 할 만한 것은 다이아몬드 고리가 달린, 목에 두른 폭이 넓은 검은색 띠뿐이었다.

볼프강은 자신의 보호에 몸을 내맡긴 이 힘없는 여인을 어떻게 하면 좋을지 고민하기 시작했다. 방에 여인만 두고 나가, 자신이 묵을 곳을 따로 찾아볼까도 생각했다. 하지만 여인의 매력에 마음을 완전히 빼앗긴 뒤라, 이성과 감각에 어떤 마법이라도 걸린 양 도저히 여인을 뿌리치고 떠날 수가 없었다. 여인의 태도에도 왠지 모를 기이하면서도 수수께끼 같은 면이 있었다. 여인은 더는 단두대 이야기를 꺼내지 않았다. 여인의 슬픔은 가신 뒤였다. 볼프강의 배려 어린 보살핌이 처음에는 여인의 믿음을 얻었고, 뒤이어 마음까지 얻어 낸 게 확실해 보였다. 분명 여인 또한 볼프강과 마찬가지로 열정적인 사람이었고, 열정이 넘치는 사람들끼리는 금세 마음이 통하기 마련이랄까.

순간의 열병을 주체하지 못한 볼프강은 여인에게 자신의 열렬한 마음을 고백했다. 신비로운 자신의 꿈 이야기를 들려주면서, 직접 얼굴을 보기도 전에 이미 여인에게 마음을 빼앗겨 버렸다고 털어놓았다. 여인은 볼프강의 장황한 이야기에 이상하리만치 큰 감동을 받고는, 그를 향해 자신 역시 말로 설명하기 힘든 마음의 끌림을 느꼈다고 했다. 바야흐로 온갖 다듬어지지 않은 생각과 행동들이 난무하던 때였다. 낡은 편견과 미신은 자취를 감추었고, 모든 것은 '이성의 여신'의 지배하에 있었다. 여러 구시대의 폐물 중에서도 결혼이라는 형식과 의식은 지조 있는 사람들 사이에서 불필요한 결합으로 여겨지기 시작했다. 사회 계약설[5]이 유행했다. 독실한 이론주의자였던 볼프강은 당시의 진보적 교리에 물들지 않을 수 없었다. 볼프강이 말했다.

"우리가 왜 떨어져 살아야 합니까? 우리는 서로 마음을 확인했습니다. 이성과 도의의 눈으로 보면 우리는 하나입니다. 고귀한 영혼들을 하나로 묶는데 무슨 천한 형식이 필요하단 말입니까?"

여인은 감동하여 귀를 기울였다. 여인 역시 같은 학파의 가르침을 통해 이미 깨달음을 얻었던 게 분명했다. 볼프강이 말을 이었다.

"당신은 집도 가족도 없습니다. 제가 당신의 전부가 되겠습니다. 더 정확히 말해서 서로에게 전부가 되어 줍시다. 만약 형식이 필요하다면 지키겠소. 내 손을 보시오. 당신과 영원히 함께하겠다고 맹세하겠소."

---

5) 17~18세기 사상가들의 학설로, 자유롭고 평등한 개인들의 계약에 의해 사회나 국가가 발생했다는 사상이다.

"영원히요?"

여인이 진지하게 되물었다. 볼프강이 다시 한 번 선언했다.

"영원히!"

여인은 자신을 향해 뻗은 볼프강의 손을 꼬옥 쥐었다.

"그럼 전 당신 것이에요."

여인은 이렇게 속삭이며 볼프강의 품에 안겼다.

이튿날 아침, 볼프강은 잠든 신부를 남겨 두고 달라진 상황에 맞게 보다 넓은 방을 구하기 위해 새벽같이 집을 나섰다. 돌아와 보니 신부는 축 늘어뜨린 머리 위로 한쪽 팔을 두르고 침대에 누워 있었다. 볼프강이 말을 걸었지만 아무런 대답이 없었다. 그는 불편한 자세로 누운 신부를 깨우기 위해 다가갔다. 손을 잡는데 차갑고 맥박도 없었다. 얼굴은 핏기 하나 없이 섬뜩했다. 한마디로, 죽은 시체였다.

볼프강은 겁에 질려 미친 듯이 날뛰며 집 안에 있던 모든 사람에게 이 소식을 알렸다. 혼란스러운 상황이 이어졌다. 경관이 달려왔다. 방에 들어선 순간, 경관이 시신을 보고 뒷걸음질을 쳤다.

"맙소사! 이 여인이 어떻게 이곳에 있단 말입니까?"

경관의 말에 볼프강이 초조하게 되물었다.

"그녀에 대해 아는 게 있습니까?"

"아는 게 있느냐고요? 어제 단두대에서 처형된 여잡니다."

경관은 앞으로 다가가 시신의 목에 두른 검은 띠를 벗겨 냈다. 그러자 머리가 바닥으로 데구루루 굴러떨어졌다!

볼프강이 광기에 사로잡혀 외쳤다.

"악마! 악마가 내 영혼을 앗아 갔습니다! 나를 영원히 잃었단 말이오!"

사람들은 볼프강을 진정시키려 했지만 소용없었다. 그는 악령이 자신을 함정에 빠뜨리기 위해 시신을 되살렸다는 무시무시한 생각에 사로잡혔다. 결국 미쳐 버린 그는 정신 병원에서 세상을 떠났다.

무언가에 홀린 듯한 노신사의 이야기는 여기에서 끝이 났다.

호기심 많은 다른 신사가 물었다.

"그 이야기가 진정 사실이오?"

그러자 노신사가 대답했다.

"사실이다마다요. 믿을 만한 사람한테 들었거든. 그 독일인 학생이 나에게 직접 들려준 이야기요. 파리에 있는 정신 병원에서 그를 만났지."

워싱턴 어빙의 기이한 이야기

립 밴 윙클

Rip Van Winkle

이 이야기는 독일의 오래된 전설인 피터 클라우스(Peter Klaus)에서 차용한 이야기다. 피터 클라우스가 잃어버린 염소를 찾으러 갔다가 숲속에서 놀이를 즐기고 있던 사람들을 만나게 되고, 그들의 와인을 마시고 잠이 들었다 깨어나니 스무 해가 흘렀다는 내용이다.

수요일이라는 이름이 유래된

색슨인들의 신 보단[1]에게 맹세하노니

나는 늘 진리를 지키리라

내가 무덤으로 들어가는 그날까지.

– 카트라이트[2]

다음 이야기는 세상을 떠난 디드리히 니커보커[3] 씨가 남긴 서류들 가운데에서 발견되었다. 니커보커 씨는 뉴욕의 노신사로, 그 지역 네덜란드인의 역사와 초기 정착민의 후손이 살아가는 방식에 관심이 매우 컸다. 그런데 그의 역사학적 연구는 책보다는 사람을 바탕으로 한 것이 많았다. 그가 관심 있는 분야의 책들은 한심하리만큼 빈약하지만 토박이 주민들과 여러 부인들은 민간 설화를 누구보다 많이

---

1) 고대 영어에서 북유럽 신화의 오딘(Odin)에 해당하는 신을 부른 이름으로, 수요일 (Wednesday)은 이 신의 이름에서 유래했다.
2) 윌리엄 카트라이트(1611~1643)로, 영국의 시인·극작가이자 성직자이다.
3) 디드리히 니커보커는 워싱턴 어빙의 필명 중 하나이다.

알고 있다는 사실을 발견했고, 이는 실제 역사 연구에 귀한 자료가 됐다. 그리하여 그는 넓게 가지를 드리운 플라타너스 아래, 지붕이 낮은 농가에 오붓하게 살아가고 있는 진짜 네덜란드 가족을 찾아내기라도 할라치면, 걸쇠로 걸어 잠근 작은 고서라 여기고 책벌레에 버금가는 열정으로 연구에 몰두했다.

이 모든 연구의 결과가 네덜란드인 총독들이 다스리던 기간의 뉴욕 지방의 역사였으니, 그로부터 몇 년이 흘러 그가 쓴 책이 출판됐다. 작품의 문학성을 두고 의견이 분분하긴 하나, 솔직히 문학성이라 할 만한 것도 없는 게 사실이다. 주된 장점은 철저한 정확성으로, 처음 선보였을 때는 그 정확성도 조금 의문스럽긴 했다. 그러나 시간이 흐르면서 완전히 자리를 잡았고, 이제는 의심의 여지없는 권위 있는 작품으로 모든 역사학적 소장품 목록에 한 자리를 차지하고 있다.

노신사는 책이 출판되고 얼마 지나지 않아 세상을 떠났다. 이제 그가 가고 없는 지금, 살아생전에 보다 의미 있는 일을 했으면 더 좋지 않았을까 하고 말한다 해도 그리 고인을 욕되게 하는 건 아닐 것이다. 그는 매우 거만하고 가끔 이웃의 눈살을 찌푸리게 하기도 했으며, 자신이 더없이 존경하고 애정을 느끼는 몇몇 친구들의 심기를 언짢게 하는 일도 더러 있긴 했다. 그러나 그가 저지른 실수와 어리석은 행동들은 '노여움보다는 오히려 슬픔으로[4]' 기억되며, 결코 다른 이의 마음을 상하

---

4) 셰익스피어의 《햄릿》 중 햄릿의 친구인 호레이쇼의 대사에서 인용한 말이다.

게 하거나 불쾌하게 만들 의도는 없던 것은 아닌가 하는 추측도 제기되고 있다. 비평가들이 생전의 그를 어떻게 평가하든, 많은 사람들이 여전히 그를 좋아하며, 대중의 호평은 그만한 가치가 있는 법이다. 특히 몇몇 제빵업자들은 새해를 기념하는 케이크에 그의 초상화를 새길 정도로 적극적이다. 이로써 그에게 영원히 죽지 않을 기회가 선사됐으니, 이는 워털루 메달[5]이나 앤 여왕의 파딩[6]에 새겨지는 것과 어깨를 나란히 할 만하다 하겠다.

허드슨강을 따라 여행해 본 사람이라면 누구나 캐츠킬[7]산맥을 기억할 것이다. 애팔래치아산맥에서 갈라져 나온 줄기로, 허드슨강 서쪽에서 멀리 떨어진 곳에 웅장하게 우뚝 솟아 사방을 호령하고 있다. 계절과 날씨가 바뀔 때는 물론이고, 시시각각 그 빛깔과 모양이 마법처럼 변해서, 가깝든 멀든 주변의 선량한 아낙네들에게 완벽한 생활의 지표가 됐다. 화창하고 맑은 날씨가 이어질 때면 산맥은 푸른빛과 자줏빛 옷으로 갈아입고 맑은 저녁 하늘에 또렷한 윤곽을 아로새기다가도, 어느 땐 사방에 구름 한 점 없는데도 산 정상에는 잿빛 운무를 드리우고, 마치 영광의 왕관처럼 지는 태양의 마지막 햇살 속에서 붉게 타오른다.

이 요정 같은 산맥의 기슭에 다다르면 나그네들은 마을에서 피어오르는 옅은 연기를 발견하기도 하는데, 고지의 푸른빛이 신선한 초록빛

---

5) 영국군에서 워털루 전투 참전 용사들에게 수여했던 메달이다.
6) 영국의 옛 화폐로, 페니의 1/4 에 해당하며 1961년 폐지됐다.
7) 캐츠킬(Catskill)은 '살쾡이 강'이라는 뜻의 네덜란드어 Kaaterskill에서 유래됐다고 한다.

으로 서서히 녹아드는 바로 그 지점에서 나무들 사이로 판자 지붕들이 희미하게 반짝인다. 이곳은 역사가 깊은 아담한 마을로, 피터 스토이베산트[8] 총독(부디 편히 잠들길!)의 지배가 막 시작되던 무렵인 이 지방 초창기에 몇몇 네덜란드 식민지 개척자들에 의해 처음 세워졌다. 그리고 몇 년 새 초기 정착민들이 세운 집들이 들어서기 시작했다. 네덜란드에서 가져온 작은 노란색 벽돌로 지은 집들에는 격자창을 달고 박공지붕[9]을 세웠으며, 꼭대기엔 수탉 모양 풍향계도 눈에 띄었다.

　같은 마을, 바로 이 집들 중 한 곳(있는 그대로 말하자면, 애석하게도 세월이 흘러 낡을 대로 낡은)에 오래전, 그 지역이 아직 대영 제국의 지배를 받던 그때, 립 밴 윙클이라는 순박하고 마음씨 좋은 남자가 살았다. 그는 피터 스토이베산트 총독 지배하의 의협심이 넘치던 시절에 용맹하기로 유명하며, 총독을 수행해 크리스티나 요새 포위 작전에 직접 참여했던 밴 윙클가의 후손이었다. 그러나 립은 선조들의 용맹한 기질을 거의 물려받지 못했다. 앞에서 나는 그가 순박하고 마음씨 좋은 사람이라고 했는데, 그뿐만 아니라 친절한 이웃이자 아내에게 쥐여사는 공처가이기도 했다. 그가 이렇게 누구에게나 인기가 많은 순하고 착한 성격이 된 건 공처가로 산 덕분일지도 몰랐다. 집에서 잔소리가 심한 아내에게 잡혀 사느라 꼼짝 못 하는 사람이, 집 밖에서는 남의 비위를 잘 맞추고 인심을 더 쉽게 얻는 편이기 때문이다. 자고로 공처가적

8)　네덜란드령 식민지의 총독이다.
9)　건물의 모서리에 추녀가 없이 용마루까지 측면 벽이 삼각형으로 된 지붕이다.

기질이라 함은 아내가 선사하는 고난과 시련이라는 이글거리는 용광로 속에서 더더욱 고분고분하고 순하게 단련이 되기 마련이다. 게다가 아내의 잔소리는 인내와 참을성이란 덕목을 가르치는 데에 있어서 세상 모든 설교에 버금가는 값어치가 있는 법이 아니던가. 그런 점에서 바가지를 긁는 아내도 한편으로는 견딜 만한 축복으로 여겨진다던데, 그 말대로라면 립 밴 윙클은 삼세번 축복을 받은 셈이었다.

확실한 건, 립은 마을의 모든 선량한 아낙네들 사이에서 최고의 인기를 누렸다는 사실이었다. 부부 싸움이 나기만 하면 여자들은 그의 편을 들었고, 저녁에 만나 그러한 일들을 입방아에 올릴 때면 무조건 밴 윙클 부인의 흉을 보기 바빴다. 동네 아이들 역시 립이 지나갈 때마다 환호성을 지르곤 했다. 아이들이 운동을 하면 도와주고, 장난감을 만들어 주고, 연날리기와 구슬치기도 가르쳐 주었으며, 유령과 마녀·인디언이 나오는 긴 이야기들을 들려주기도 했다. 립이 요리조리 피해 다녀도 어디선가 우르르 달려온 아이들이 그를 에워쌌고, 옷자락에 매달리거나 등을 타고 올라가 장난을 쳐도 그는 한 번도 혼내지 않았다. 게다가 동네에는 립을 보고 짖는 개 한 마리 없었다.

성격적으로 립의 가장 심각한 문제는 돈이 되는 일이라면 무엇이 됐든 극도로 싫어한다는 사실이었다. 게을러서도 아니고 인내심이 부족한 탓도 아니었다. 그는 타타르족[10]의 창만큼이나 무겁고 긴 막대를

10) 700여 년 전 유럽을 침략한 몽골 부족 중 하나로, 길고 무거운 창을 무기로 사용했다.

들고 젖은 바위에 앉아 온종일 낚시질을 할 때도 물고기들이 입질 한 번 안 해도 군소리 한마디 없었다. 그뿐만 아니라 다람쥐나 멧돼지 몇 마리를 잡겠다며 엽총 하나만 들쳐 메고는 숲과 늪지를 지나 언덕을 올랐다가 계곡을 내려가며 몇 시간이고 쏘다니는 일도 마다하지 않았다. 아무리 힘든 일이라도 이웃을 돕는 일이라면 거절하는 법이 없었고, 옥수수 껍질을 벗기거나 돌울타리를 쌓는 일 같은 온갖 유쾌한 마을 일에는 늘 앞장섰다. 부인네들 역시 잔심부름이 필요하거나 남편들이 썩 내켜 하지 않는 자질구레한 일들이 생기면 곧잘 립에게 부탁하였다. 한마디로 그는 자기 일만 아니면 남의 일에는 언제든 나설 준비가 된 사람이었다. 그러나 가족으로서 당연히 도리를 지키는 일이나, 자기 농사를 제대로 짓는 일만큼은 도무지 불가능했다.

립은 자기 땅에서는 아무리 열심히 일해도 헛수고라고 주장했다. 온 동네를 다녀 봐도 이렇게 성가시기만 한 땅은 없었다. 무엇을 심든 잘못되기 일쑤였고 울타리는 세워도 세워도 허물어졌다. 암소는 툭하면 없어지거나 배추밭으로 들어갔다. 그의 밭처럼 잡초가 무성하게 자라나는 곳도 드물었다. 립이 밖에서 일을 좀 할라치면 으레 비가 억수같이 쏟아졌다. 그리하여 조상 대대로 물려받은 땅은 한 평 한 평 쪼그라들다 못해 겨우 옥수수와 감자를 심을 정도의 손바닥만 한 땅뙈기 하나만 간신히 남았지만, 그마저도 동네에서 가장 메마르고 척박했다.

립의 자녀들 역시 부모 없는 아이들처럼, 옷차림이며 행동거지가 제멋대로였다. 아들은 제 아버지를 쏙 빼닮은 개구쟁이로, 낡은 옷과 함께 아버지의 버릇까지 그대로 물려받을 조짐이 보였다. 보통은 아버지가 입던 낡고 헐렁한 바지를 걸치고 망아지처럼 제 어머니를 졸졸 따라다녔는데, 마치 궂은 날씨에 끌리는 옷자락을 추켜올리느라 바쁜 아가씨처럼 양손으로 바지 자락을 부여잡고 다니느라 난리가 났다.

그래도 립 밴 윙클은 어리석고 선천적으로 넉살이 좋은, 행복한 부류의 사람이었다. 세상에 순응하며, 큰 고민이나 고생 없이 얻을 수만 있다면 부드러운 흰 빵이든 거친 흑빵이든 가리지 않았고, 1파운드를 벌기 위해 일하느니 1페니로 굶어 죽는 쪽을 택하는 편이었다. 모르긴 해도 건드리는 사람만 없으면 불만 하나 없이 일생을 빈둥거리며 살았으리라. 그러나 그의 아내는 그가 태평스럽게 놀고먹느라 온 식구들을 고생시킨다며 끊임없이 잔소리를 퍼부었다. 아침, 점심, 저녁, 아내의 혀는 쉴 새 없이 움직였고, 그가 무슨 말을 하고 무슨 행동을 하든 기다렸다는 듯 잔소리가 무섭게 쏟아졌다. 립은 그런 부류의 모든 설교에 단 한 가지 방법으로만 대응했는데, 어찌나 자주 써먹었는지 아예 습관이 될 정도였다. 그는 어깨를 으쓱하고 고개를 내젓고 눈을 치뜨고는 입을 꾹 다물었다. 하지만 이러한 반응은 오히려 아내의 화만 돋우는 꼴인지라, 또다시 새로운 공세에 시달리기 마련이었다. 그러면 그는 기꺼이 꼬리를 내리고 물러나 집 밖으로 나가곤 했는데, 사실 공처가 남편들이 향할 곳은 그곳밖에 없었다.

집안에서 립의 유일한 지지자는 애완견 울프로, 그 주인 못지않게 부인만 보면 벌벌 떨었다. 밴 윙클 부인은 둘을 놀고먹는 짝꿍이라 여겼고, 심지어 남편이 종종 사라지고 없는 게 다 울프 때문이라며 독기 어린 눈초리로 울프를 쏘아보기도 하였다. 훌륭한 개에게 어울리는 기질로만 따져 보자면 울프야말로 숲을 누비는 그 어느 짐승 못지않게 용감했다. 그러나 제아무리 용감한 개라 한들 한순간도 멈추지 않고 매섭게 퍼붓는 여인의 무시무시한 혀를 무슨 수로 감당한단 말인가? 집 안으로 들어오자마자 울프는 기가 꺾여 꼬리를 축 내리거나 가랑이 사이로 감추고, 교수대에 끌려가는 표정으로 힐끔힐끔 부인의 눈치만 살피며 돌아다녔다. 부인이 빗자루나 국자를 살짝 흔들기만 해도 깽깽거리며 쏜살같이 문간으로 달아나곤 했다.

결혼 생활이 해를 거듭할수록 립 밴 윙클에겐 하루하루가 고역이었다. 나이가 들어도 아내의 사나운 성미는 누그러질 기세가 보이지 않았고, 뭐든 쓰면 무뎌지기 마련이건만 아내의 모진 혀는 날이 갈수록 예리해졌다. 한동안 립은 집에서 쫓겨나면, 현자와 철학자를 비롯해 마을의 할 일 없는 남자들이 수시로 모이는 곳을 찾아 스스로를 위로하곤 했다. 그들은 주로 조지 3세[11]의 혈색 좋은 초상화를 간판

---

11) 영국의 왕(1738~1820)으로, 왕권 강화를 위해 과감한 정책을 실시했다가 북아메리카 식민지의 반발을 사 미국 독립 전쟁을 일으키게 했다.

으로 내건 작은 여관 앞 벤치에서 모임을 가졌다. 그들은 느긋하고 기나긴 여름날 내내 여관 앞 그늘을 지키고 앉아 이런저런 마을의 소문을 두고 나른하게 이야기를 나누거나, 하품이 나오는 시시한 이야기들을 지루하게 이어 가곤 했다. 그러나 어쩌다 지나는 나그네를 통해 날짜 지난 신문이라도 얻는 날이면 심오한 토론이 열리기도 했는데, 이는 어떤 정치인이 돈을 주고 들어도 아깝지 않을 정도였다. 학교 선생인 데릭 반 범멜이 느릿느릿 신문을 읽어 갈라치면, 다들 더없이 진지하게 귀를 기울였다. 반 범멜 선생은 키가 작고 말쑥한 학자로, 사전에 나오는 어마어마한 낱말에도 눈 하나 꿈쩍하지 않는 사람이었다. 이들은 이미 일어난 지 몇 달이 지난 사건을 두고 다들 짐짓 점잔을 빼며 세상 진지하게 의견을 주고받았다.

　이들 무리의 의견은 마을의 원로이자 여관 주인인 니콜라스 베더가 전적으로 쥐락펴락했는데, 그는 아침부터 밤까지 여관 문간에 자리를 잡고 앉아 나무 그늘을 사수해 가며 태양을 피할 정도로만 몸을 움직였다. 덕분에 이웃 사람들은 그의 움직임만 보고도 해시계처럼 정확하게 시간을 알 수 있었다. 사실 그는 거의 말 한

마디 않고 줄담배만 뻑뻑 피웠다. 그런데 그의 지지자(위대한 사람은 누구나 따르는 사람이 있기 마련이므로)들은 그의 마음을 정확히 파악해, 그가 무슨 생각을 하는지 완벽하게 읽어 냈다. 누군가 읽는 글이나 하는 말이 그의 심기를 건드리면 담배를 계속 피우며 수시로 분노에 찬 연기를 뿜어 댔다. 하지만 기분이 좋으면 차분하게 천천히 담배 연기를 들이마셨다가 가볍게 후욱 뿜었고, 이따금 입에서 파이프를 떼고 코 주위로 향긋한 연기를 내뿜으며 완벽한 찬성의 표시로 근엄하게 고개를 끄덕이곤 했다.

이 요새에서조차 불행한 립은 잔소리꾼 아내에게 참패를 당했는데, 아내는 평온한 분위기를 깨고 별안간 들이닥쳐 쓸모없는 인간들이라며 싸잡아 비난했다. 위엄 넘치는 니콜라스 베더마저 이 사나운 여자의 앞뒤 가리지 않는 독설을 피하지 못했으니, 부인은 자기 남편의 게으른 버릇을 부추긴다며 그에게도 여지없이 면박을 주었다.

가엾은 립은 결국 절망스러운 지경에 이르렀다. 그러다 보니 농사와 아내의 짜랑짜랑한 잔소리로부터 탈출하는 유일한 대안은 한 손에 엽총을 쥐고 하릴없이 숲속을 돌아다니는 일밖에 없었다. 그럴 때면 그는 나무 밑동에 앉아 같이 고생하는 동지를 보는 듯한 딱한 마음으로 울프와 함께 주머니 속에 든 것을 나누어 먹곤 했다.

"가엾은 울프, 주인 잘못 만나 네가 개고생이구나. 신경 쓰지 말아라. 내가 죽을 때까지 언제나 네 곁을 지켜 줄 테니!"

그러면 울프는 꼬리를 살랑살랑 흔들며 애틋하게 주인의 얼굴을 바라보았다. 만일 개들도 측은함을 느낄 수 있다면, 울프의 마음 역시 진심으로 그 주인과 다르지 않았을 거라 믿는다.

어느 화창한 가을날, 그렇게 한참이나 숲속을 거닐다 보니 립은 어느 틈에 캐츠킬산맥 중에서도 가장 높은 지대까지 올라가게 되었다. 평소 가장 즐기는 다람쥐 사냥을 하던 중으로, 인적 없이 고요함만 가득한 이곳엔 그의 총소리만이 메아리치고 또 메아리쳤다. 늦은 오후, 지친 나머지 그는 숨을 헐떡이며 벼랑 꼭대기에 위치한, 목초로 뒤덮인 푸른 둔덕에 벌렁 드러누웠다. 나무 사이로 수 킬로미터에 걸친 저지대의 비옥한 삼림 지대가 내려다보였다. 멀리 까마득한 아래쪽으로는 위풍당당한 허드슨강도 눈에 들어왔다. 강은 고요하면서도 장엄한 모습으로 이동했다. 자줏빛으로 물든 구름 한 점이나 이곳저곳에서 졸며 느릿느릿 나아가는 돛단배의 돛을 거울처럼 잔잔한 품에 비추며 흐르다가 마침내 푸르른 산악 지대 사이로 자취를 감추었다.

반대쪽으로는 좁고 깊은 골짜기가 내려다보였는데, 덤불이 우거진 황량하고도 쓸쓸한 곳이었다. 바닥엔 툭 튀어나온 절벽에서 떨어져 나온 암석 파편들이 가득해서 지는 해의 반사광조차 들지 않았다. 한동안 립은 누운 채로 눈앞에 펼쳐진 광경을 가만히 바라보았다. 서서히 저녁이 다가오고 있었다. 계곡 위로 길고 푸른 산 그림자가 드리우기 시작했다. 마을엔 한참 어두워진 후에야 도착할 게 뻔했고, 무서운 아내와 맞닥뜨릴 생각을 하니 무거운 한숨이 절로 나왔다.

막 산에서 내려가려는데 멀리서 부르는 소리가 들렸다.

"립 밴 윙클! 립 밴 윙클!"

주변을 둘러보아도 보이는 거라곤 산을 가로지르며 고독하게 날아가는 까마귀 한 마리뿐이었다. 립은 환청을 들었나 싶어 몸을 돌려 내려가려는데 고요한 저녁 공기를 뚫고 다시 똑같은 외침이 들려왔다.

"립 밴 윙클! 립 밴 윙클!"

그와 동시에 겁에 질린 울프가 털을 곤두세우고 낮게 으르렁거리며 주인 곁으로 슬그머니 다가와 산골짜기를 내려다보았다. 립은 왠지 막연한 불안감이 밀려왔다. 그는 초조하게 소리가 나는 방향을 바라보다가 무언가 무거운 것을 등에 지고 구부정하게 바위를 기어 올라오는 한 낯선 형체를 발견했다. 워낙 인적이 드문 외진 곳이다 보니 사람을 보고 깜짝 놀랐지만, 도움이 필요한 이웃이겠거니 싶어 서둘러 내려가 보았다.

가까이 다가가자 립은 그 낯선 이의 기이한 모습에 한층 더 놀랐다. 작은 키에 어깨가 떡 벌어진 노인으로 덥수룩하게 자란 머리에 턱수염은 희끗희끗했다. 옷은 구식 네덜란드풍이었다. 허리를 끈으로 묶은 옛날식 천 조끼 밑으로 반바지를 서너 벌이나 겹쳐 입었는데, 맨 겉에 입은 헐렁하고 큰 반바지는 양옆으로 단추가 줄줄이 장식되어 있고 무릎에는 주름이 잡혀 있었다. 어깨에는 술이 가득 찬 듯한 술통 하나를 짊어지고 있었는데, 립을 향해 가까이 와서 도와 달라는 손짓을 보냈다. 이 난생처음 보는 노인에게 다소 겁도 나고 의심쩍은 면이 없진 않았으나, 그는 늘 그렇듯 재빠르게 응했다. 두 사람은 서로 교대하면서 급류가 바짝 말라 버린 좁은 골짜기를 기어 올라가기 시작했다. 골짜기를 오르는 립의 귓가에는 마치 멀리서 들리는 천둥소리처럼 이따금 길게 우르릉거리는 소리가 들려왔다. 깊은 산골짜기, 더 정확히 말하면 높은 바위 사이 갈라진 틈에서 나오는 소리 같았고, 그들이 걷는 울퉁불퉁한 길이 바로 그쪽으로 향했다. 립은 순간 걸음을 멈추었지만, 산간 고지대에서 종종 발생하는 우레를 동반한 지나가는 소나기려니 생각하고 다시 앞으로 나아갔다.

이윽고 둘은 산골짜기 사이를 통과해 작은 원형 경기장처럼 생긴 우묵한 지점에 다다랐다. 몹시 가파른 벼랑들이 에워싸고 있고, 벼랑 끝에서 튀어나온 나무들이 머리 위로 가지를 뻗고 있어서 푸른 하늘과 저녁 구름이 언뜻언뜻 보일 따름이었다. 그러는 내내 립과 노인은 침묵 속에서 힘겹게 걸음을 옮겼다. 립은 대체 이 황량한 산꼭대기로 술통을 나르는 목적이 무얼까 너무도 의아한 마음이 들었으나, 그 낯선 노인에게는 무언가 기이하면서도 불가사의한 면이 있어서 왠지 두려운 마음에 스스럼없이 대하기가 어려웠다.

원형 경기장에 들어서자마자 다시 놀라운 광경이 눈앞에 펼쳐졌다. 중앙의 평평한 자리에서 한 무리의 괴상해 보이는 사람들이 구주희[12]를 하고 있었다. 하나같이 예스러운 이국풍의 옷을 입고 있었는데 짧은 더블릿[13]을 입은 사람들도 보였고, 허리띠에 긴 칼을 차고 옛날식 조끼

---

12) 9개의 핀을 세우고 공을 굴려서 이를 넘어뜨리는 놀이로, 현대 볼링의 시초이다.
13) 14~17세기에 남성들이 입던 짧고 꼭 끼는 상의이다.

를 입은 이들도 눈에 띄었으며, 대부분은 함께 온 노인과 비슷한 풍의 품이 넓은 반바지 차림이었다. 생김새 역시 기이했는데, 한 사람은 머리가 크고 얼굴이 넓적하며 눈이 돼지처럼 작았다. 또 한 사람은 얼굴에 거의 코만 보이는 것 같았는데 작고 붉은 수탉 꼬리 장식이 달린 원뿔 모양의 흰 모자를 쓰고 있었다. 너나없이 턱수염을 길렀으며 모양이나 색깔은 제각각이었다. 그중 대장으로 보이는 한 사람이 눈에 띄었다. 그는 뚱뚱한 노신사로 고생을 많이 한 얼굴이었다. 레이스 달린 더블릿 위로 넓은 허리띠와 단검을 차고, 머리엔 층이 높은 깃털 달린 모자를 썼으며, 붉은색 긴 양말과 장미 무늬가 새겨진 굽 높은 구두를 신고 있었다. 이들 무리를 보자 립은 마을 목사인 도미닉 반 샤이크 목사 댁 응접실에 걸려 있던 옛 플랑드르파[14] 그림 속 인물들이 떠올랐는데, 초기 정착기에 네덜란드에서부터 가져온 그림이라고 들었다.

립의 눈에 다른 무엇보다 기이했던 것은 이들이 즐거운 시간을 보내는 건 확실해 보이는데, 줄곧 너무도 심각한 얼굴을 하고 도저히 알 수 없는 침묵이 흐르고 있다는 사실이었다. 살면서 이렇게 우울한 분위기에서 놀이를 하는 사람들은 처음이었다. 쥐 죽은 듯 고요한 가운데 공 소리만 유일하게 그 정적을 깼는데, 공이 굴러갈 때마다 천둥 같은 요란한 우르릉 소리가 산을 타고 울려 퍼졌다.

립과 노인이 그들에게 다가가자, 그들은 일제히 놀이를 그치고 조

---

14) 15~17세기에 플랑드르에서 일어난 화파이다. 플랑드르는 벨기에, 네덜란드 남부, 프랑스 북부에 걸쳐 있는 지역이다.

각상처럼 미동도 없는 눈길로 립을 바라봤다. 너무도 기묘하고 무뚝뚝하며 멍한 그 얼굴을 보자 립은 가슴이 철렁 내려앉고 무릎이 후들거렸다. 함께 온 노인이 커다란 술병에다 지고 온 통의 술을 비우더니, 립을 향해 이들의 시중을 들라는 몸짓을 해 보였다. 립은 두렵고도 떨리는 마음에 순순히 말을 따랐다. 그들은 극도의 침묵 속에서 벌컥벌컥 술을 마시고는 다시 놀이를 시작했다.

시간이 흐를수록 립은 두렵고 불안했던 마음이 한결 진정되었다. 심지어 아무도 안 볼 때 대담하게도 술을 홀짝 마셔 보았는데, 질 좋은 네덜란드산 진[15]의 풍미가 진한 술이었다. 워낙 천성적으로 술을 좋아하는 사람인지라, 금세 한 잔 더 마시고 싶은 유혹에 빠졌다. 한 잔은 다시 한 잔을 불렀다. 그는 술병에 연거푸 손을 댄 끝에 결국 정신을 잃었고, 머릿속에서 눈알이 빙글빙글 돌고 고개가 점점 꺾이는가 싶더니 이내 깊은 잠에 빠지고 말았다.

깨어나 보니 산골짜기의 노인을 처음 보았던 바로 그 푸른 언덕배기였다. 립은 두 눈을 싹싹 비볐다. 햇살이 밝게 비치는 아침이었다. 새들이 폴짝거리며 덤불 사이에서 짹짹거렸고, 독수리가 깨끗한 산바람을 헤치고 나아가며 하늘 높이 원을 그렸다.

립은 속으로 생각했다.

'설마 여기서 밤새 잤으려고.'

---

15) 보통 토닉워터나 과일주스를 섞어 마시는 독한 술이다.

그는 잠들기 전 기억을 되살려 보았다. 술통을 든 낯선 노인-산골짜기-바위 사이 황량하고 조용한 곳-구주희를 하던 우울한 모임-술······

"아, 그 술! 그 빌어먹을 술! 마누라한텐 무어라 둘러댄다?"

립은 총을 찾아 주위를 둘러보았지만 기름칠이 잘된 매끈한 엽총이 있던 자리에는 낡은 화승총 한 자루만 덩그러니 놓여 있었다. 그런데 총신은 잔뜩 녹이 슬어 있고, 방아쇠는 떨어져 나갔으며, 개머리판엔 구멍이 난 상태였다. 이쯤 되자 립은 산중에서 놀던 그 우울한 일당이 자기를 골탕 먹일 목적으로 일부러 술을 잔뜩 먹여 놓고 총을 훔쳐 간 건 아닌가 의심스러웠다. 울프 역시 보이지 않았지만, 다람쥐나 꿩을 쫓다 길을 잃고 엉뚱한 곳으로 가 버렸을 듯싶었다. 립은 휘파람 소리를 내 보고 울프의 이름도 소리쳐 불러 보았지만 소용이 없었다. 그의 휘파람과 외침 소리가 메아리쳐 울렸지만 울프는 어디에도 보이지 않았다.

립은 전날 저녁 놀이를 하던 그 자리로 돌아가 혹시 누구라도 만나면 자기 총과 개를 내놓으라 요구할 작정이었다. 걸으려 몸을 일으키는데 왠지 관절이 뻣뻣하고 평소보다 힘이 달렸다.

'산에서 잤더니 몸이 말을 안 듣네. 이렇게 신나서 돌아다니다 류머티즘이라도 걸려 옴짝달싹 못 하게 되면 온종일 마누라 옆에서 축복받은 시간을 보내게 생겼구먼.'

립은 힘겹게 산골짜기로 내려갔다. 전날 저녁, 그 낯선 노인과 함께 기어올랐던 좁은 골짜기를 발견했는데, 놀랍게도 지금은 하얀 거품이 이는 급류가 거침없이 흐르는 게 아닌가! 물은 바위에서 바위로 뛰어오르며 산골짜기를 시원한 물소리로 가득 채우고 있었다. 어쨌든 그는 자작나무와 녹나무, 조록나무 덤불 사이를 헤치며 힘겹게 걸음을 내디뎠다. 때로는 나무에서 나무로 덩굴손을 휘감으며 제멋대로 자라나 그의 앞길에 그물같이 펼쳐진 포도 덩굴에 발이 걸리거나 옴짝 못 하기도 했으나, 어렵사리 골짜기 가장자리로 기어가는 데 성공했다.

이윽고 립은 산골짜기가 바위 사이로 난 길을 통해 원형 경기장으로 이어지던 바로 그 지점에 다다랐다. 그런데 막상 그 길은 흔적도 없이 사라지고 없었다. 바위들은 들어갈 수 없는 높은 벽을 이루었고, 그 위로는 급류가 솜털 같은 거품을 만들며 세차게 흐르다 깊고 넓은 분지로 떨어졌는데, 사방을 에워싼 숲이 드리운 그림자 때문에 분지가 시커멓게 보였다. 가엾은 립은 이곳에서 우뚝 멈춰 섰다. 그는 다시 휘파람 소리를 내며 울프를 불러 보았지만 한가한 까마귀 떼만이 까악거리며 답할 따름이었다. 까마귀들은 해가 잘 드는 절벽 위에 매달린 마른 나무 주위를 신나게 날아오르며 안전하게 고도를 확보한 채 아래를 내려다보며 당황해 어쩔 줄 모르는 가엾은 인간을 비웃는 듯했다. 이제 어쩌면 좋단 말인가? 어느덧 점심때가 다가오고 있었고, 아침을 거른 립은 배가 몹시 고팠다. 그는 애통하지만 개와 총을 찾는 일을 포기했다. 아내를 볼 일이 두렵긴 해도, 그렇다고 산속에서 마냥 굶주리고 있을 수는 없는 노릇이었다. 그는 고개를 내젓고는 녹슨 화승총을 어깨에 걸치고 걱정과 불안이 가득한 마음으로 집을 향해 발길을 돌렸다.

마을에 가까워지자 립은 여러 사람을 마주쳤지만 아는 사람이 한 명도 없어서 조금 놀랐다. 이 인근에는 자기가 모르는 사람이 하나도 없다고 생각했기 때문이었다. 차림새 또한 눈에 익은 옷들과는 달랐다. 사람들은 하나같이 놀란 얼굴로 그를 빤히 쳐다보았고, 그에게 시선을 던질 때면 예외 없이 턱을 쓰다듬었다. 이러한 행동이 자꾸 되풀이되자 립은 자기도 모르게 똑같이 턱을 쓰다듬었다. 그러다 자신의 턱수염이 30센티미터도 넘게 자라나 있는 걸 깨닫고 깜짝 놀랐다!

이제 립은 마을 어귀에 들어섰다. 처음 보는 아이들이 떼로 몰려와 그의 뒤를 졸졸 따라다니며 폭소를 터뜨리고 희끗희끗한 턱수염을 손가락질하며 놀렸다. 개들 역시 알고 지내던 녀석은 한 마리도 보이지 않고, 그가 지나가자 왈왈 짖어 대기 바빴다. 마을의 모습도 달라져 있었다. 규모가 더 커지고 인구도 늘었다. 전에는 본 적 없는 집들이 줄줄이 늘어서 있고, 그가 자주 다녔던 곳들은 사라지고 없었다. 문패의 이름도 낯설었고, 창문에는 낯선 얼굴들이 보였다. 모든 게 낯설었다. 립은 점점 두려움이 일었다. 자신과 자신을 둘러싼 세상에 마법이 걸린 건 아닐까. 그가 하루 전에 떠난, 그가 나고 자란 마을인 것만은 틀림이 없었다. 캐츠킬산맥이 있었고, 저 멀리 은빛 허드슨강이 흘렀다. 언덕도 계곡도 정확히 예전 그대로였다. 립은 몹시 당황스러웠다.

그는 속으로 생각했다.

'지난밤 마신 그놈의 술 때문에 내 머리가 어떻게 된 모양이야!'

자기 집으로 가는 길을 찾는 일도 쉽지 않았다. 립은 아내의 카랑카

랑한 목소리가 언제 들려올지 몰라 조마조마한 마음에 살금살금 다가 갔다. 집은 낡을 대로 낡아 있었다. 지붕은 내려앉았고, 창문은 산산조 각이 났으며, 문은 경첩이 다 떨어져 나가고 없었다. 울프를 닮은 뼈만 앙상한 개 한 마리가 집 주변을 어슬렁거리며 돌아다녔다. 립이 이름을 불렀지만 개는 으르렁거리며 이빨을 드러내고 그대로 지나가 버렸다. 무정하기도 하여라.

가엾은 립이 한숨을 지으며 탄식했다.

"사랑하는 나의 개마저 나를 잊었구나!"

립은 집 안으로 들어섰다. 사실, 밴 윙클 부인은 평소 집을 늘 깔끔 하게 정돈해 두는 편이었다. 그런데 지금은 온 집 안이 텅 비어 황량했 고, 누가 봐도 버려진 집이었다. 그 황폐한 광경에 아내에 대한 두려움 마저 싹 달아났다. 립은 아내와 아이들을 큰 소리로 불러 보았다. 순간 그의 목소리가 아무도 없는 집 안에 외로이 울리는가 싶더니 이내 침묵 이 내려앉았다.

급기야 립은 허둥지둥 집 밖으로 나갔고, 자주 다니던 마을 여관으 로 황급히 달려갔다. 그러나 여관 역시 사라지고 없었다. 그 대신 그 자 리에는 금방이라도 쓰러질 듯한 목조 건물이 서 있었는데, 커다랗게 입 을 벌린 창문 중 몇 개는 부서져 낡은 모자나 속치마로 대 놓은 상태였 고, 문에는 페인트로 '유니온 호텔, 조나단 둘리틀 설립'이라고 쓰여 있 었다. 어제까지만 해도 조용하고 아담한 네덜란드 여관에 쉴 곳을 제공 하던 커다란 나무 대신, 이제는 키 큰 장대 하나가 높이 솟아 있었다. 장

대 끝에는 잠잘 때 쓰는 빨간 모자[16]처럼 생긴 물건이 얹혀 있고, 별과 줄무늬가 특이하게 조합된 깃발 하나가 매달려 펄럭이고 있었다. 어느 하나 이상하지 않은 게 없었다. 도무지 이해할 수 없는 광경이었다. 그런데 립은 간판에서 조지왕의 불그스름한 얼굴을 알아보았다. 그 간판 아래에서 평화로이 담배를 피워 물었던 게 어디 한두 번이던가. 그런데 이조차도 희한하게 바뀌어 있었다. 왕의 붉은 외투는 파란색과 누런색으로 바뀌어 있었고, 손에는 왕권의 상징으로 드는 홀 대신 검을 쥐고 있었으며, 머리에 쓴 삼각모 밑에는 큼직하게 '워싱턴 장군'이라고 적혀 있었다.

문 주위에는 예전처럼 사람들이 모여 있었지만, 립의 기억 속 인물은 아무도 없었다. 사람들의 기질도 바뀐 것 같았다. 익숙한 무기력함과 나른한 편안함 대신 분주하고 떠들썩하며 논쟁적인 분위기였다. 립은 너부데데한 얼굴에 겹쳐진 턱으로, 기다란 파이프를 물고 한가로운 말 대신 담배 연기를 뿍뿍 뿜어 대던 현인, 니콜라스 베더를 찾았으나 허사였다. 날짜 지난 신문을 천천히 읽어 내려가던 반 범멜 선생 역시 찾을 수 없었다. 이들 대신 마르고 괴팍해 보이는 사람이 있었는데, 그는 주머니 가득 전단지를 쑤셔 넣고, 시민의 권리니 선거권이니, 의회 의원, 자유, 벙커 힐 전투[17], 1776년의 영웅 등에 대해 열변을 토했으나

---

16) 자유의 모자를 일컫는 말로, 식민지 주민들이 대영 제국으로부터의 자유를 상징하기 위해 썼던 모자이다.
17) 1775년 미국 독립 전쟁 당시 영국군에 대항하여 싸웠던 전투이다.

립 밴 윙클은 도무지 무슨 소린지 하나도 알아들을 수가 없었다.

길고 희끗희끗한 턱수염과 녹이 슨 화승총, 투박한 옷차림을 한 몰 골에, 그 뒤를 졸졸 따르는 아낙네들과 아이들의 모습은 여관 앞에 모 인 정치꾼들의 관심을 대번에 사로잡았다. 그들은 립을 에워싸고 머리 부터 발끝까지 엄청난 호기심을 보였다. 장황한 연설을 하던 그 남자가 립을 향해 요란하게 다가와 그를 한쪽으로 밀어붙이며 캐물었다.

"댁은 어느 쪽을 찍었소?"

그 말에 립이 멍하니 남자를 쳐다보았다. 그러자 키가 작고 활달한 다른 남자가 립의 한쪽 팔을 잡아끌더니 발끝으로 서서 립의 귀에다 대 고 물었다.

"연방주의자요, 민주공화주의자요?"

립은 그 질문에도 똑같이 무슨 말인지 몰라 어쩔 줄을 몰랐다. 그때 뾰족한 삼각모를 쓴 거만한 노신사가 팔꿈치로 사람들을 밀어젖히며 나타나 립 밴 윙클 앞에 섰다. 그러더니 한 손은 허리에, 다른 손은 지팡 이에 올리고 엄중한 말투로 따지듯이 물었는데, 그 날카로운 눈과 뾰족 한 모자가 립의 영혼까지 꿰뚫을 듯했다.

"어깨에 총을 메고 뒤에는 사람들까지 잔뜩 거느리고 투표소에 나 타난 이유가 뭐요? 마을에서 폭동이라도 일으킬 셈이오?"

립이 깜짝 놀라 외쳤다.

"아! 신사분들. 나는 그저 얌전하고 불쌍한 사람일 뿐이오. 이곳에서 나고 자란 사람이자 왕의 충성스러운 신하란 말이오. 신이여, 왕을 축복하소서!"

이 말에 구경꾼들이 일제히 고함을 내질렀다.

"왕당파[18]다! 왕당파다! 스파이다! 도망자다! 해치워라! 저자를 쫓아
내!"

삼각모를 쓴 거만한 노신사가 어렵게 사람들을 진정시켰다. 그런
뒤 열 배는 더 준엄한 얼굴로 여기는 왜 왔고, 누구를 찾고 있느냐며, 이
이름 모를 피고인을 다시 한 번 강력히 추궁했다. 가엾은 립은 다른 마
음은 결코 없고 그저 여관 주변에 머물던 이웃을 찾으러 왔을 뿐이라고
조심스럽게 답했다.

"흠, 그들이 누구요? 어디 이름을 대 보시오."

잠시 고민하던 립이 물었다.

"니콜라스 베더 씨는 어디 계시오?"

잠시 침묵이 흐르다 한 노인이 가느다란 목소리로 되물었다.

"니콜라스 베더? 아니, 그 양반은 돌아가신 지가 벌써 18년 전이오
만! 교회 묘지에 그 양반에 대해 잘 적어 놓은 나무로 된 묘비가 하나
있었는데, 그것도 썩어 없어져 버렸수다."

"그럼 브롬 더처 씨는?"

"아, 그분은 전쟁 초기에 입대했소만, 스토니 포인트[19]의 폭풍우에

---

18) 독립 전쟁 때의 독립파와 대비되는 영국 지지자를 일컫는 말이다.
19) 미국 뉴욕주 남동부 허드슨강에 면한 마을로, 독립 전쟁 당시의 전략적 요새지의
     유적이 있다.

서 죽었다는 이도 있고, 안토니 노우스[20] 기슭에서 비바람이 몰아치는 돌풍에 익사했다는 소문도 있소. 몰라요, 다시 돌아오질 않았으니."

"반 범멜 선생은 못 보았소?"

"그 선생도 입대했지. 훌륭한 민병대 대장이었고 지금은 의회에 있소만."

립은 집도 벗들도 이렇게 안타깝게 달라졌다는 소식을 들은 뒤, 자신이 세상에 홀로 남겨진 것을 깨닫고는 힘이 쭉 빠졌다. 그토록 엄청난 시간이 흘렀다는 것도 그렇거니와, 의회니 스토니 포인트니 하는 도무지 알아들을 수 없는 말들 때문에 대답을 들을 때마다 당황스러웠다. 더는 다른 친구들의 안부를 물을 용기가 나질 않았다. 그는 자포자기하는 심정으로 물었다.

"이 중에 혹시 립 밴 윙클이란 자를 아는 분은 안 계시오?"

그러자 두세 사람이 외쳤다.

"아, 립 밴 윙클! 알죠! 저 사람이 립 밴 윙클이요, 저기 저 나무에 기댄 사람."

립이 고개를 돌려 보니 산에 오를 때의 자신과 똑같은 모습을 한 사람이 보였다. 게으르고 초라해 보이는 모습까지 정확히 똑같았다. 가엾은 립은 이제 완전히 영문을 몰라 정신이 얼떨떨했다. 자신이 누구인지조차 의심스러울 지경이었다. 자신이 립 밴 윙클인지, 아니면 딴 사람

---

20) 허드슨강에 있는 산 이름이다.

인지 알 수가 없었다. 그렇게 당황스러운 와중에 삼각모를 쓴 노신사가 그에게 당신은 누구이며 이름이 뭐냐고 따져 물었다.

립이 어찌할 바를 모르고 외쳤다.

"나도 모르겠소! 나는 내가 아니오, 나는 다른 사람이오. 저기 저 사람이 나요, 아니 저 사람은 내 모습을 한 다른 사람이오. 어젯밤에 나는 나였소만 산에서 잠이 들었고, 그자들이 내 총을 바꿔치기하더니 모든 게 달라졌소. 나도 달라졌단 말이오. 내 이름이 뭔지, 내가 누군지조차 말할 수가 없소!"

이쯤 되자 구경꾼들은 서로를 쳐다보며 고개를 끄덕이고 의미심장하게 한쪽 눈을 찡긋하며 손가락으로 이마를 톡톡 치기 시작했다. 총을 챙겨야 한다느니, 저 노인네가 딴짓을 못 하게 막아야 한다느니 하는 속닥거림도 들려왔다. 사람들의 말에, 삼각모를 쓴 거만한 노신사는 허둥지둥 뒤로 물러났다. 이러한 중대한 시점에 한 젊고 예쁘장한 여인이 사람들 사이를 뚫고 들어와 수염이 희끗희끗한 립을 구경하러 왔다. 여인은 팔에 통통한 아이를 안고 있었는데, 립을 보자 아이가 겁에 질려 울기 시작했다.

"뚝, 립. 뚝, 바보처럼 왜 울어. 할아버지가 뭘 어쨌다고."

그 아이의 이름과 그 엄마의 분위기, 그리고 여인의 말투가 립의 마음속 기억들을 하나둘씩 일깨웠다. 립이 물었다.

"혹시 이름이 무엇이오?"

"유디스 카드니어인데요."

"아버님 성함은?"

"아, 가엾은 분, 립 밴 윙클이 제 아버지 성함이에요. 총을 들고 집을 나가신 지 스무 해가 지났는데 여태껏 소식이 없어요. 아버지가 기르시던 개만 돌아왔죠. 총으로 스스로 목숨을 끊으셨는지, 아니면 인디언들에게 잡혀가셨는지 아무도 몰라요. 저는 그때 꼬마였거든요."

립에게는 딱 하나의 질문이 남았다. 립이 떨리는 목소리로 물었다.

"그럼 어머니는 어디 계시오?"

아, 어머니 역시 그로부터 얼마 뒤 세상을 떠났다고 했다. 뉴잉글랜드의 한 행상에게 와락 화를 내다 그만 혈관이 터졌다나.

적어도 이 소식은 한 줄기 위안이 되었다. 솔직한 성품의 립은 더는 참을 수가 없었다. 그는 두 팔로 자신의 딸과 손자를 끌어안았다.

"내가 네 아버지다! 예전엔 젊은 립 밴 윙클, 이제는 늙은 립 밴 윙클. 가엾은 립 밴 윙클을 아는 이가 아무도 없소?"

모두가 놀라서 멀뚱히 섰는데 한 할머니가 사람들 사이를 헤치며 비틀비틀 다가와 한 손을 자신의 이마에 대고 잠시 그의 얼굴을 유심히 살펴보더니 이윽고 외쳤다.

"맞네! 립 밴 윙클! 그 양반 맞아요. 다시 돌아온 걸 환영해요, 옛 이웃이여. 세상에, 스무 해 동안 어디서 뭘 하다 이제야 왔수?"

스무 해가 그에게는 단 하룻밤에 불과했기에 립의 이야기는 금방 끝이 났다. 이야기를 듣는 내내 사람들은 빤히 쳐다보기만 했다. 서로 눈짓을 보내는 이들도 보였고, 혀로 한쪽 볼을 부풀리며 빈정대는 이들도 눈에 띄었다. 불안한 상황이 다 정리되자 되돌아와 있던 삼각모의 거만한 노신사는 입술을 삐죽거리며 고개를 내저었고, 그곳에 모인 사람들도 하나같이 고개를 내저었다.

일단 피터 반더동크라는 노인의 의견을 들어 보기로 했다. 천천히 길을 오르며 다가오는 노인의 모습이 보였다. 그는 초창기 이 지방의 역사를 기록한 같은 이름의 역사학자의 후손이었다. 또한 마을에서 가장 오래된 주민이자, 온갖 불가사의한 사건들은 물론이고 마을의 전통을 훤히 꿰뚫고 있는 노인이기도 했다. 그는 단번에 립을 기억해 냈고, 립이 들려준 이야기가 사실임을 더없이 만족스럽게 증언해 주었다. 자신의 선조인 역사학자로부터 전해 들은 이야기에 따르면, 캐츠킬산맥에는 예부터 기이한 존재들이 자주 출몰했다고 한다. 허드슨강과 그 인근 지역을 최초로 발견한 위대한 헨드릭 허드슨[21]이 자신의 탐험선 반달호 선원들과 함께 20년마다 불침번을 서는데, 이런 식으로 자신이 탐험한 지역을 다시 찾아 자신의 이름을 딴 강과 위대한 도시를 수호한다고 했다. 또한 노인의 아버지 역시 산중의 움푹한 곳에서 구식 네덜란드풍 차림으로 구주희를 즐기는 이들을 직접 본 적이 있으며, 노인 또한 어느 여름날 오후 멀리서 들리는 천둥소리처럼, 그들이 공 치는 소

---

21) 영국의 탐험가로, 1609년 반달호를 타고 맨해튼섬에 처음 도착했다. 맨해튼섬은 허드슨에 의해 처음으로 유럽에 소개됐다. 그 후 1626년에 네덜란드가 24달러에 원주민에게서 매입한 뒤부터 뉴암스테르담으로 불리다 영국이 통치하기 시작한 1664년부터 뉴욕으로 이름이 바뀌었다.

리를 들은 적이 있다고 덧붙였다.

요약하여 말하자면, 사람들은 다시 흩어져 선거라는 보다 주요한 관심사로 되돌아갔다. 립의 딸이 앞으로 함께 살자며 아버지를 집으로 모셨다. 세간이 잘 갖춰진 아늑한 집이었다. 사위는 체격이 건장하고 성격 또한 유쾌한 농부였는데, 립의 기억으로는 예전에 자신의 등을 타고 오르던 개구쟁이 가운데 한 명이었던 듯싶었다. 아까 나무에 기대고 있던, 립의 아들이자 후계자에 대해 말하자면, 립을 그대로 빼닮은 사람으로, 남의 농장에서 일꾼으로 일했으나 제 일만 아니면 무슨 일이든 마다하지 않는 유전적인 기질을 확실히 증명해 보였다.

립은 이제 예전에 하던 행동이나 버릇대로 생활을 이어 갔다. 그 모습은 시간이 흘러 예전과 달리 많이 상하긴 했어도, 곧 옛 친구들을 여럿 찾아냈다. 그러면서도 신세대와 어울리는 일을 더 좋아했는데, 그들도 차츰 립에게 큰 호감을 느꼈다.

집에서는 달리 할 일이 없기도 하거니와, 비난받지 않고 게으름을 피울 수 있는 행복한 나이에 도달했는지라, 립은 다시 한번 여관 문 앞 벤치에 한 자리를 차지했다. 그리고 마을의 원로 중 한 사람이자 '독립 전쟁 이전' 옛 시대의 살아 있는 역사책으로 존경받았다. 보통 사람들과 어울려 세상 돌아가는 이야기를 하거나, 자신이 잠에 빠진 사이 일어난 낯선 사건들을 이해하게 되기까지는 긴 시간이 필요했다. 어떻게 독립 전쟁이 일어났고, 그로부터 옛 영국의 굴레를 벗어던지게 된 과정과 조지 3세의 신하로 사는 대신 미국의 자유 시민이 된 이야기까지. 사실 립은 정치에는 별 관심이 없었다. 국가와 제국의 변화는 그다지 그에게 큰 영향을 주지 않았다. 하지만 오랫동안 그를 신음 속에 허덕이게 했던 폭정이 존재했으니, 다름 아닌 무시무시한 아내를 받들고 사는 일이었다. 다행히 아내의 폭정은 막을 내렸다. 마침내 결혼이라는 굴레에서 벗어난 덕분에 부인의 폭정을 두려워하지 않고 언제든 내키는 대로 집을 드나들 수가 있었다. 하지만 누구라도 아내를 입에 올릴 때마다 립은 고개를 내젓고 어깨를 으쓱하고 눈을 치떴는데, 자신의 운명에 대한 체념의 표현일 수도 있고, 해방의 기쁨을 나타내는 것이라 보아도 무방할 것이다.

립은 유니온 호텔을 찾는 이방인들에게 틈만 나면 자신의 이야기를 들려주곤 했다. 처음에는 말을 할 때마다 조금씩 내용이 달라졌는데, 당연히 잠에서 깨어난 지 얼마 되지 않은 시점인 탓이 컸다. 그러다 마침내 내가 전해 준 그대로 정확하게 정리가 되었고, 남녀노소를 막론하고 마을 사람들은 그 이야기를 다 외우고 다닐 정도였다. 어떤 이들은 매번 진짜 있었던 일인지 의심하며 그가 당시 머리가 돌았던 것이라고 하면서, 본디 엉뚱한 구석이 많은 사람이라고 주장하기도 했다. 그러나 옛 네덜란드계 주민들은 대부분 전적으로 믿는 편에 속했다. 오늘날까지도 여름날이면 캐츠킬산맥 주변에 내리치는 천둥소리를 들을 때마다 헨드릭 허드슨과 그의 선원들이 구주희 놀이를 한다고들 이야기한다. 주변 공처가들이 삶이 고달플 때 품게 되는 공통된 소망은 립 밴 윙클이 마셨던 그 술을 한잔 쭉 들이켰으면 하는 것이다.

워싱턴 어빙의 기이한 이야기

슬리피 할로우의 전설

The Legend of Sleepy Hollow

이곳은 나른한 이들의 즐거운 나라,

반쯤 감긴 눈앞에 일렁이는 꿈들과

여름 하늘을 한없이 장밋빛으로 물들이며 흘러가는

구름 속 찬란한 성채.

– 제임스 톰슨의 〈나태의 성〉[1]

허드슨강 동쪽 기슭을 들쭉날쭉하게 굽어 드는 어느 넓은 만 깊숙한 곳에 고대 네덜란드 항해사들이 강폭이 넓어 태판지 (Tappan Zee)[2]라고 이름 붙인 곳이 있다. 선원들은 이곳을 건널 때면 항상 돛을 줄여 속도를 늦추었고, 성 니콜라스[3]에게 무사히 항해할 수 있기를 간절히 빌었다고 한다. 태판지에는 항구이자 장이 들어서는 작은 시골 마을이 하나 있는데, 그린즈버러라고 부르는 이들도 더러 있기

---

1) 18세기 스코틀랜드의 시인인 제임스 톰슨이 1748년에 지은 시이다.
2) 이곳에 살고 있던 태판족 인디언의 이름을 딴 '태판'과 네덜란드어로 바다를 의미하는 '지(zee)'의 합성어이다.
3) 어린이와 항해자들의 수호성인으로, 산타클로스라는 이름도 여기에서 유래되었다.

는 하지만 보통은 태리 타운이라는 이름으로 더 잘 알려져 있다. 태리 타운은 옛날에 장날만 되면 마을 여관 주변에서 꾸물대며 돌아올 생각을 하지 않는 남편들의 고약한 버릇을 빗댄 말로, 주변의 선량한 아낙네들이 붙인 이름이라고 한다.[4] 그 말이 사실인지는 내가 보장할 순 없으나 정확성과 신뢰성을 위해 언급하고 넘어가려는 것이다.

이 마을에서 대략 3킬로가량 떨어진 멀지 않은 곳에 작은 계곡, 보다 정확히 말하면 높은 언덕들 사이로 움푹 들어간 골짜기 하나가 있는데, 온 세상을 통틀어 가장 고요한 곳이라 해도 무방한 곳이다. 스르르 잠이 들게 할 만큼 졸졸 흐르는 작은 개울이 그 사이를 미끄러지듯 흘러가고, 이따금 지저귀는 메추라기 소리나 딱딱거리는 딱따구리 소리만이 한결같은 정적을 깨뜨리는 유일한 소리이다.

풋내기 시절, 내가 처음으로 다람쥐 사냥을 나간 곳이 그 골짜기 한쪽에 그림자를 드리운 키 큰 호두나무 숲속이었다. 온 자연이 유별나게 고요하던 한낮에 숲속으로 들어섰는데, 내가 쏜 총소리에 그만 깜짝 놀라고 말았다. 총소리가 주변을 에워싼 안식일과도 같은 고요함을 깨뜨리면서 성난 메아리가 끊이지 않고 울렸기 때문이다. 만일 내가 세상과 그 산만함에서 벗어나 쉴 수 있는 곳, 그리고 힘겨운 삶의 남은 생을 고요히 꿈꾸듯이 보낼 곳을 찾고자 한다면 이 작은 골짜기보다 더 훌륭한 곳은 알지 못한다.

---

4) 태리 타운의 태리(Tarry)는 우리말로 '꾸물대다', '늑장을 부리다'라는 뜻이 있다.

골짜기의 나른한 정적과 최초 네덜란드 이주민들의 후예인 이곳 주민들의 특이한 기질 탓에 이 외딴 골짜기는 오랫동안 슬리피 할로우[5]라는 이름으로 불리었고, 이곳에 사는 순박한 사내아이들은 지역민들 사이에서 슬리피 할로우의 아이들이라고 불렸다. 그곳에는 나른하고도 공상적인 힘이 감도는 듯했고, 어딜 가나 바로 그러한 분위기가 만연했다. 어떤 이들은 초기 정착민 시절, 이곳이 독일 고지의 한 마법사의 마법에 걸렸다고도 하고, 헨드릭 허드슨 선장이 이 지역을 발견하기 전에 부족의 예언자이자 주술사인 한 늙은 인디언 추장이 이곳에서 의식을 행했다고 하는 이들도 있다. 확실한 것은 이곳이 여전히 주술의 지배에서 벗어나지 못하고, 선량한 이들의 마음을 홀려서 그들로 하여금 끝없는 공상 속을 헤매게 한다는 것이다. 사람들은 온갖 기괴한 것들을 잘 믿고, 황홀경과 환상에 쉽게 빠져 이상한 광경을 자주 목격했으며, 허공에서 노랫소리나 사람의 목소리를 듣는 일도 잦았다. 예부터 전해져 내려오는 이야기들을 비롯해 유령이 나타난다는 장소와 불가사의한 미신들이 온 동네에 넘쳐 났다. 인근의 그 어느 지역보다 유독 이 골짜기에서 별똥별이 더 빈번하게 반짝이며 떨어지고, 악몽을 일으키는 악의 정령 또한 자신을 따르는 졸개들을 다 거느리고 이곳을 주 무대 삼아 활개를 치는 듯했다.

　그러나 이 마법에 걸린 골짜기에 나타나는 가장 으뜸가는 정령은

---

5)　슬리피 할로우(sleepy hollow)는 '잠의 골짜기', 즉 잠이 올 정도로 조용한 골짜기라는 뜻이다.

모든 공중 마력의 최고 사령관이라 할 수 있는 머리 없는 기병의 유령이다. 전하는 말에 따르면 헤센[6] 용병의 영혼으로, 독립 전쟁 당시 이름 모를 전투에서 포탄에 맞아 머리가 날아갔는데, 밤의 어둠 속을 바람을 타고 날듯이 질주하는 광경이 동네 사람들 사이에서 간간이 목격된 바가 있다. 그 유령은 이 계곡에만 나타나는 것이 아니라, 때에 따라서는 가까운 큰길에 출몰하기도 하고, 특히 그리 멀지 않은 교회 인근에 잘 나타났다. 이 유령과 관련된 떠도는 사실들을 세심히 수집하여 분석해온 이 지역의 상당히 믿을 만한 몇몇 역사학자들은 그 기병의 시신이 교회 묘지에 묻혀 있는데 밤마다 자신의 머리를 찾으러 전쟁터로 달려 나간다고도 하고, 유령이 이따금 한밤중의 돌풍처럼 슬리피 할로우를 맹렬한 속도로 달려가는 까닭은 시간에 쫓겨 동이 트기 전에 교회 묘지로 되돌아오기 위해 서두르기 때문이라고도 주장하고 있다.

이 전설적인 미신은 대강 이러한 이야기를 담고 있는데, 이 어둠의 골짜기를 배경으로 한 수많은 기괴한 이야기의 단골 소재가 되었다. 그 유령은 온 동네 난롯가에서 슬리피 할로우의 머리 없는 기병이라는 이름으로 통한다.

주목할 만한 점은 내가 말했던 공상적인 경향이 골짜기의 주민들에게만 국한된 것이 아니라, 그곳에 잠시라도 머무는 사람이면 누구라도 자기도 모르는 사이에 배어든다는 점이다. 그전까지 아무리 정신이 말

---

6) 독립 전쟁 당시 영국이 고용한 독일인 용병이다.

똥말똥했을지라도 그 나른한 곳에 들어오면 얼마 지나지 않아 공중의 마력을 들이마시고 차츰 공상적이 되어 꿈을 꾸기 시작하고, 허깨비가 보이기 시작한다.

나는 이 평화로운 장소를 언급할 때에는 온갖 칭찬을 아끼지 않는 편이다. 이곳은 뉴욕이라는 거대한 주 속에서 드문드문 발견되는 작고 후미진 네덜란드령 골짜기인지라 인구와 생활 방식, 그리고 풍습이 흔들림 없이 그대로 남아 있다. 이주와 발전이라는 거대한 급류가 이 분주한 나라 곳곳에서 끊임없는 변화를 만들어 내는데, 이곳에서만은 눈치챌 수 없게 슬며시 지나쳐 간다. 마치 거센 급류의 가장자리이자 잔잔한 물이 흐르는 작고 아늑한 곳 같아서, 지푸라기와 물거품이 빠르게 지나는 물살에 방해받지 않고 그들만의 항구에 정박해 있거나 천천히 맴도는 모습을 볼 수 있는 그런 곳 같다고나 할까. 내가 슬리피 할로우의 나른한 외딴곳에 발을 디딘 지도 어언 수년이 흘렀지만, 세상의 풍파로부터 격리된 그곳의 품에서는 그때 그 나무가 그대로 자라고, 그때 그 가족들이 지금도 하릴없이 지내고 있지 않을까 싶다.

이 자연 그대로의 외딴곳에, 미국 역사로 보면 오랜 옛날, 다시 말해 역사가 시작되고 서른 해쯤 지났을 무렵에 이카보드 크레인이라는 덕망 있는 사람이 슬리피 할로우에서 지역 어린이들을 가르치고자 잠시 머물고 있었다. 아니 그의 표현대로라면 '꾸물대고' 있었다. 그는 코네티컷주 태생으로, 당시 그곳은 산림의 개척자들은 물론, 지성의 개척자들을 연방에 공급했는데, 해마다 수많은 접경 지역 산림 감독관들과 지역 교사들을 배출했다.

크레인[7]이라는 성은 이카보드의 외모와 썩 어울리는 편이었다. 키가 훤칠하나 몹시 마른 데다 어깨는 좁고 팔다리가 길었고, 양손은 소맷자락 밖으로 몇 십 센티미터는 튀어나와 대롱댔으며, 발은 삽으로 써도 될 정도였고, 온몸의 뼈대가 대충 헐렁하게 연결된 것만 같았다. 머리는 작고, 정수리는 납작했으며, 귀는 큰 데다, 크고 멀건 초록빛 눈동자에, 도요새 부리 같은 긴 코가 달려 있어서 마치 바람 부는 방향을 알려 주는 길쭉한 막대기 같은 목에 얹힌 수탉 모양 풍향계처럼 보였다. 바람 부는 날 펄럭거리는 옷을 입고 언덕배기를 성큼성큼 오르는 그를 보고 있으면, 하늘에서 내려온 굶주림의 정령이거나 옥수수밭에서 뛰쳐나온 허수아비라고 착각할 정도였다.

이카보드가 근무하는 학교는 통나무로 조잡하게 지은 낮은 건물로, 커다란 교실 하나가 전부였다. 창문은 유리창을 끼운 데도 있지만, 낡은 습자책에서 뜯어낸 종잇장을 덧대어 놓은 곳도 더러 보였다. 학교를 비울 땐 실가지로 문고리를 꽁꽁 묶고, 창 덧문에는 말뚝을 괴어 놓는 식으로 더없이 기발하게 안전을 기했다. 그리하여 설령 도둑이 든다 해도 들어올 때는 쉽게 들어왔을지 모르나 나갈 때는 난처한 지경에 빠지곤 했다. 이러한 생각은 아마도 건축가 요스트 반 하우텐의 뱀장어 잡는 통발의 비법에서 빌려 온 듯하다.

---

7) 크레인(crane)은 우리말로 '학'이라는 뜻이다.

학교는 다소 외지긴 해도 쾌적한 곳에 자리하고 있었는데, 바로 나무가 우거진 언덕 기슭이었고, 가까이에는 개울물이 졸졸 흘렀으며, 한쪽 끝에는 어마어마하게 큰 자작나무 한 그루가 자라고 있었다. 학교에서는 나른한 여름날이면 마치 벌집에서 윙윙대는 소리처럼, 배운 내용을 중얼중얼 외우는 학생들의 낮은 목소리가 들려왔다. 이따금 위협조이거나 명령조인 선생의 권위적인 목소리가 끼어들거나, 학업에 뒤처진 아이들을 지식의 꽃길로 재촉하기 위한, 간담을 서늘케 하는 자작나무 회초리 소리가 들리기도 했다. 사실 그는 양심적인 사람으로, 항상 '매를 아끼면 아이를 망친다'는 금언을 마음속에 새겨 두고 있었다. 이런 점에서 이카보드 크레인이 맡은 학생들은 망가질 걱정은 결코 없다 하겠다.

그러나 이카보드가 신하들의 괴로움을 즐기는 학교의 잔인한 군주라고는 생각지 않는다. 정반대로 그는 엄격함에 치중하기보다는 경우의 차이를 두고 벌을 내렸으니, 약자의 등에서 짐을 덜고 그 짐을 강자에게 지우는 식이었다. 살짝 회초리를 휘두르기만 해도 움찔하는 작고 연약한 아이는 모른 척 너그러이 통과하되, 드세고 고집불통인, 넓은 옷자락을 휘날리고 다니는 네덜란드계 개구쟁이들, 회초리를 대면 부루퉁해져서 더더욱 고집을 부리고 뚱하게 구는 녀석들은 두 배로 매질을 가해 공평을 기하려 했다. 이 모두를 그는 "학부모를 대신하여 선생으로서 본분을 다한 것일 뿐"이라고 했고, 체벌을 가하고 나서는 "죽는 날까지 이 일을 기억하며 자신에게 감사하게 될 것"이라고 장담했으나,

상처가 욱신거리는 아이에게는 얼마나 위로가 될까 싶긴 하다.

수업이 끝나면 제법 큰 남학생들에게는 벗이자 놀이 상대가 되어 주기도 했고, 쉬는 날 오후면 나이 어린 학생들은 집까지 바래다주기도 했다. 그런 아이들에게는 으레 어여쁜 누이가 있거나, 찬장 속이 그득하기로 소문난 현모양처 어머니가 있기 마련이었다.

사실, 그는 제자들과 잘 지낼 필요가 있었다. 학교에서 받는 보수는 턱없이 적었고, 마르긴 했어도 원체 아나콘다 같은 소화력을 지닌 대식가였기에 겨우 그날그날 먹고살 정도의 형편이었다. 그는 생활비를 아끼려고 이 고장의 풍습에 따라 농부들의 집에서 그 집 아이들을 가르치며 숙식을 해결했다. 이런 식으로 그는 무명 보자기에 짐을 싸 들고 한 집에 일주일씩 머물며 이 집 저 집 옮겨 다니며 살았다.

시골 사람들은 학교에 내는 교육비를 극심한 부담으로 여기고, 학교 선생들을 그저 빈둥대는 게으름뱅이로 여기는 경향이 있다. 이카보드는 자신의 순박한 후원자들의 주머니 사정에 짐이 될세라 스스로가 쓸모 있으면서도 호감 가는 사람이 되려고 다양한 방식으로 노력했다. 건초를 말리고, 울타리를 고치고, 말에게 물을 먹이고, 풀을 뜯던 암소를 몰고 오고, 겨울을 나기 위한 나무도 베는 등 틈나는 대로 쉬운 일들을 맡아 농부들의 일손을 덜어 주었다. 그뿐만 아니라 자신만의 작은 제국인 학교에서 뽐내던 위엄과 절대적인 지배력을 모두 내려놓고, 놀랄 만큼 순하고 싹싹하게 굴었다. 그는 아이들, 특히 아기들을 어루만져 주며 그 어머니들의 눈에 들었고, 그 옛날 너무도 관대하게 새끼 양을 안아 주었다는 용맹한 사자처럼[8], 한쪽 무릎에 아이까지 앉히고, 다른 발로는 몇 시간이고 요람을 흔들어 주기도 했다.

이런저런 일들 외에도, 이카보드는 마을의 음악 선생으로 성가대에서 아이들을 가르치며 반짝이는 은화를 짭짤하게 벌어들였다. 주일날이면 자신이 고른 성가대원들과 함께 교회 맨 앞좌석을 차지하고 앉아 있다는 게 그에게는 적지 않은 자랑거리였다. 마음속으로는 왠지 목사의 코를 완전히 꺾은 기분마저 들기도 했으니, 그의 목소리가 다른 모든 교인들보다 훨씬 크게 울려 퍼졌던 것만큼은 확실했다. 지금도 고요한 주일 아침이면 그 교회에서는 특이하게 떨리는 목소리가 들리며, 심지어 800미터 떨어진 저수지 반대쪽에서도 들린다고 하는데, 이는 이카보드 크레인의 코에서 나오는 소리가 틀림없다고들 했다. 그리하여 그 훌륭한 선생은 흔히 '수단과 방법을 가리지 않고'라는 기발한 방식으로 그때그때 맡은 갖가지 일을 통해 웬만큼 생활을 꾸려 나갔으며, 정신노동에 대해선 아무것도 모르는 이들 사이에서는 세상 참 편하게 사는 사람으로 여겨지기도 했다.

교사라는 직업은 시골 동네 처녀들 사이에서는 대단한 인물로 여겨지기 마련이다. 여유가 넘치는 신사 같은 모습에, 촌스러운 시골 청년들보다는 훨씬 세련된 취향과 재주를 지닌 데다, 배움에 있어서도 목사님을 빼면 따라올 자가 없는 사람으로 인정받는다고나 할까. 따라서 농

---

8) 1600년대 후반 발행된 《뉴잉글랜드 초급 독본》에서 알파벳 L을 설명하는 구절인 '용맹한 사자, 양을 안았네(the lion bold the lamb doth hold)'에서 인용한 말이다.

가에서 차를 마시다가도 그가 나타날라치면 일순 술렁이며 케이크나 사탕절임이 넘치게 나오거나 은제 찻주전자가 등장하기도 했다. 그리하여 이카보드는 활짝 웃는 시골 처녀들 틈에서 매우 행복해했다. 주일날이면 예배 틈틈이 처녀들 사이에서 남다른 모습을 과시하기도 했다. 사방에 주렁주렁 열린 산포도나무에서 포도를 따다 가져다주기도 하고, 재미 삼아 묘지의 비문을 모두 낭독하거나 처녀들을 우르르 거느리고 한가로이 가까운 저수지 둑을 거닐기도 했다. 그러는 동안 숫기 없는 시골 총각들은 멋쩍어하며 뒤에 남아 그의 빼어난 기품과 말솜씨를 부러워하곤 했다.

그뿐만 아니라 반떠돌이 같은 삶이다 보니 일종의 움직이는 신문처럼, 마을에 떠도는 온갖 소문을 집집마다 전해 주기 때문에 이카보드가 나타나면 하나같이 만족스럽게 반겼다. 더구나 그는 여인들 사이에서 대단히 박식한 남자로 존경받았는데 여러 권의 책을 통독한 데다, 코튼 매더[9]의 뉴잉글랜드 마법의 역사를 완벽하게 깨우친 덕분에 그는 이 책을 누구보다 확고하게 믿고 받드는 사람이었다.

그는 빈틈이 없으면서도 남의 말을 쉽게 믿는 편이었다. 불가사의한 것을 누구보다 좋아하고, 그것을 소화시켜 자신만의 것으로 만드는 능력이 대단했는데, 이 마법에 걸린 골짜기에 살면서 그러한 기질이 더 강해졌다. 제아무리 소름 끼치고 극악무도한 이야기를 들어도 눈썹 하

---

9) 목사이자 저술가로, 마녀의 존재를 믿는 등의 신비적 요소와 근대 과학에 대한 관심을 동시에 갖고 있었다.

나 까딱하지 않을 정도였다. 오후에 학교가 끝나면 학교 옆 졸졸 흐르는 시냇가를 따라 이어진, 토끼풀이 소담스럽게 깔린 풀밭에 드러누워 땅거미가 내려앉아 눈앞의 글자가 희미하게 보일 때까지 코튼 매더의 무시무시한 이야기를 읽는 게 그에겐 크나큰 즐거움이었다. 그렇게 시간을 보내고 나면 늪과 개울, 음침한 숲을 지나 자신이 머무는 농가로 돌아갔는데, 한밤중 자연에서 들려오는 온갖 소리는 그의 들뜬 상상력을 더욱 들썩이게 했다. 산비탈에서 들려오는 쏙독새의 신음하는 듯한 울음소리, 폭풍우를 예감하는 청개구리의 불길한 울음소리, 가면올빼미의 음산한 울음소리, 혹은 보금자리에서 무엇엔가 놀라 별안간 바스락거리는 새소리까지. 칠흑 같은 어둠 속에서 유난히 반짝이는 개똥벌레들이긴 하나, 그중에서도 유독 밝게 빛을 내는 녀석 하나가 이따금 그의 눈앞을 가로질러 날아갈 때면 화들짝 놀라곤 했다. 어쩌다 바보 같은 거대한 딱정벌레 한 마리가 서투른 비행을 하다 그의 몸에 부딪히기라도 하면, 이 딱한 선생은 마녀의 징표라며 금방이라도 숨이 넘어갈 듯했다. 그럴 때 무서운 생각을 잊거나 악령을 쫓기 위해 그가 취한 유일한 행동은 찬송가를 부르는 것뿐이었다. 콧소리 섞인 그의 노랫소리가 '길게 사슬처럼 늘어진 감미로움 속에[10]' 먼 언덕배기나 어둑어둑한 큰길을 따라 들려오면, 저녁에 문간에 나와 앉아 있던 슬리피 할로우의 선량한 주민들은 종종 두려움에 휩싸이곤 했다.

10) 존 밀턴의 시 〈쾌활한 사람(L'allegro)〉 중에서 인용한 말이다.

이카보드에게 있어서 무서우면서도 즐거운 취미를 하나 더 꼽으라면, 긴긴 겨울밤을 네덜란드계 노부인들과 함께 보내는 일이었다. 부인들은 실을 자으며 난롯가에 둘러앉아 화롯불에 타닥타닥 사과를 구우며 기이한 이야기를 들려주곤 했다. 유령과 요괴, 그들이 자주 나타난다는 벌판과 개울, 다리와 집을 비롯해, 특히나 그 머리 없는 기병, 다시 말해 자기들끼리 부르는 말로 '슬리피 할로우의 질주하는 헤센 기병'이 등장하는 이야기들이었다.

이카보드 역시 자신이 겪은 마법과 관련된 일화나 코네티컷주 초창기에 널리 퍼졌던 무시무시한 징조와 불길한 광경들, 허공에서 들리는 소리들에 대한 이야기를 들려주어 부인들을 즐겁게 했다. 또한 혜성과 별똥별에 얽힌 여러 가지 추측들, 지구는 돌고 있기 때문에 하루의 반은 위아래가 뒤바뀐 채로 산다는 깜짝 놀랄 만한 사실 등으로 부인들을 벌벌 떨게 하기도 했다!

타닥거리는 장작불이 뿜어내는 불그레한 빛으로 물든 방 한 귀퉁이 벽난로 앞에 옹기종기 모여 있고, 그 어떤 유령도 감히 얼굴을 드러내지 못할 그곳에서라면, 이 모든 이야기가 즐거움일지 모른다. 그러나 집으로 돌아갈 때가 되면 그는 공포라는 대가를 톡톡히 치러야만 했다. 눈 오는 밤, 그 침침하고 섬뜩한 눈부심 속에서 온갖 무서운 형상과 그림자들이 그가 가는 길을 얼마나 방해했던가! 황량한 들판을 가로지를 때면, 저 멀리 창문에서 새어 나오는 흔들리는 빛을 얼마나 간절한 눈으로 바라보았던가! 마치 흰 이불을 뒤집어쓴 유령처럼 앞길을 가로막고 선 눈 덮인 덤불을 보고 소스라치게 놀랐던 일은 얼마나 잦았던가! 눈으로 꽁꽁 언 땅을 밟다 제 발소리에 지레 놀라 간담이 서늘해지는 공포심에 몸을 움츠리고, 낯선 존재라도 따라오면 어쩌나 하는 걱정에 어깨 너머를 돌아보며 벌벌 떨었던 일은 또 얼마나 많았던가! 나무 사이에서 울부짖는 돌풍에 행여 '질주하는 헤센 기병'이 또 밤의 질주를 나온 것은 아닌가 싶어 가슴이 철렁했던 게 또 몇 번이었던가!

그러나 이 모든 것은 그저 밤의 공포이자 어둠 속을 걸을 때 마음속에 나타나는 환영일 뿐이었다. 살면서 많은 유령을 목격했고, 홀로 거닐다 여러 모양을 한 사탄에게 시달린 일도 한두 번이 아니었다. 그러나 해가 뜨면 모든 악령이 자취를 감추었고, 악마가 무슨 짓을 꾸밀지라도 그는 이에 상관없이 즐겁게 살아갔으리라.

그런데 유령과 요괴, 그리고 마녀 일당을 모두 합쳐 놓은 것보다도 인간에게 더 큰 당혹감을 일으키는 존재가 그의 앞길을 막아섰으니, 바로 여자였다.

일주일에 한 번 저녁에 모여 찬송가 수업을 받는 그의 제자들 가운데 부유한 네덜란드계 농부의 외동딸인 카트리나 반 타셀이 있었다. 그녀는 생기발랄한 열여덟 살의 아가씨로, 자고새처럼 포동포동하고, 성숙하고 감상적인 데다, 아버지가 키우는 복숭아처럼 발그레한 볼을 지녔으며, 미모뿐 아니라 막대한 유산의 상속녀로도 명성이 자자했다. 게다가 다소 요염한 면이 있어서 그 옷차림만 봐도 짐작이 갔는데, 전통과 현대의 멋이 한데 어우러진 옷으로 자신만의 매력을 한껏 뽐냈다.

또한 고조할머니가 네덜란드의 잔담[11]에서부터 가져온 순금의 노란 장신구를 차고 유혹적인 옛날식 옷을 입은 것도 모자라, 자극적인 치마까지 차려입고는 온 동네에서 어여쁘기로 이름난 발과 발목을 자랑했다.

이카보드 크레인은 여자에 대해서는 마음이 무르고 무지한 편이었으나, 이토록 매력적인 아가씨에게 한눈에 반한다는 건 놀라운 일도 아닌 데다, 그녀 아버지의 대저택을 방문한 뒤로는 그 마음은 걷잡을 수 없이 커졌다. 아버지 발투스 반 타셀은 남부러울 것 없이 잘나가면서도 마음이 넉넉한 농부의 모습을 그대로 보여 주는 사람이었다. 자신의 농장 밖으로는 눈길을 주거나 마음 쓰는 일도 거의 없었지만, 농장 안에서만큼은 모든 것이 아늑하고 행복하고 건강했다. 그는 자신의 부에 만족했으나 남에게 뻐기는 일은 없었고, 호화로운 생활보다는 마음의 여유로움을 자랑했다. 그의 저택은 허드슨강 강둑에 위치했는데, 네덜란드계 농부들이 보금자리로 탐내는 푸르고 안전하며 비옥한 땅이었다. 커다란 느릅나무가 저택 위로 드넓은 가지를 드리우고, 그 밑동으로는 상쾌하고 맑은 물이 콸콸 솟구쳐 올라 큰 통 가득 우물물을 채우고는, 풀밭을 반짝반짝 가로지르며 이웃한 개울로 슬그머니 빠져나가 오리나무와 난쟁이버들 사이로 졸졸거리며 흘러갔다.

저택에서 매우 가까운 곳에는 교회로 써도 좋을 만큼 거대한 헛간 하나가 있었는데, 창문이나 틈새마다 농장의 보물들이 언제든 확 터져

---

11) 네덜란드 노르트홀란트주에 있는 도시이다.

나올 것만 같은 분위기였다. 헛간 안에서는 아침부터 밤까지 도리깨질 소리가 분주하게 울렸다. 제비들은 처마 주위를 스치듯 날아다니며 지저귀었다. 비둘기들은 줄줄이 지붕 위에서 햇살을 즐겼는데, 어떤 녀석들은 마치 날씨라도 살피는 양 눈을 치뜨고 있었고, 고개를 날개 밑이나 가슴에 파묻은 녀석, 암컷에게 잘 보이려고 날개를 부풀리고 구구거리며 고개를 까딱이는 녀석도 보였다. 번드르르 윤기가 흐르는 뚱뚱한 돼지들은 평안하고 풍요로운 우리 안에서 꿀꿀거렸고, 이따금 젖먹이 새끼 돼지들이 우리 밖으로 신나게 몰려나와 냄새라도 맡는 듯 킁킁거렸다. 가까운 연못에서는 위풍당당한 새하얀 거위들이 오리 떼를 호위하며 떠다녔다. 칠면조 무리는 고르륵거리며 안마당을 뛰어다녔는데, 그걸 보고 뿔닭들은 마치 성미 고약한 부인네들처럼 짜증스럽고 불만에 찬 울음소리를 내며 조바심을 냈다. 헛간 문 앞에는 남편이자 전사이자 멋진 신사의 본보기라 할 만한 용맹한 수탉이 윤기 나는 날개를 퍼덕이고, 자신감에 차 기분 좋게 꼬꼬댁하고 젠체하며 돌아다녔다. 이따금 발로 흙을 파헤쳐 귀한 먹이라도 발견할라치면 늘 배고픈 처자식들을 불러다 너그러이 양보했다.

이카보드 선생은 한겨울에도 성대한 만찬을 보장하는 이 광경을 바라보며 입가에 군침을 흘렸다. 그는 게걸스러운 마음의 눈으로 상상의 나래를 펼쳤다. 배 속 가득 푸딩을 채우고 입에는 사과를 문 채 뛰노는 통돼지 구이들, 바삭한 파이 껍질 이불을 덮고 파이 속에 포근하게 몸을 누인 비둘기들, 제 몸으로 낸 육수 속을 헤엄쳐 다니는 거위들, 맛있는 양파 소스를 두르고 금슬 좋은 부부처럼 접시 위에 사이좋게 누운 오리들. 살찐 새끼 돼지들은 매끈하게 저며 놓은 훗날의 베이컨이자 소스를 곁들인 맛있는 햄으로 보였고, 칠면조들은 날개 아래 모래주머니를 품거나 맛있는 소시지를 목에 두른 채 먹음직스럽게 묶여 있는 모습으로 보였다. 심지어 화려한 수탉마저 접시 위에서 발톱을 위로 쳐들고 민망하게 뒤집혀 있었으니, 마치 살아 있는 동안에는 수치스러워 묻기조차 거부했던 자비를 갈망하는 것 같다고나 할까.

이 모든 생각에 온통 정신이 팔려 있다가, 커다란 초록색 눈동자를 굴려 넓은 목초지와 풍요로운 밀밭과 호밀밭, 메밀밭과 옥수수밭, 거기다 반 타셀가의 따스한 저택을 에워싼, 불그레한 열매들이 주렁주렁 달린 과수원을 바라보고 있자니, 그는 이 모든 재산을 물려받을 그녀를 향한 마음이 한층 더 간절해졌다. 그의 상상력은 거기에서 그치지 않고, 그 모든 재산을 어떻게 하면 손쉽게 현금으로 바꿀지, 또 그 돈으로 어떻게 드넓은 땅을 사고, 그 한가운데에 멋들어진 지붕의 대궐 같은 집을 지으면 좋을지 고민하기에 이르렀다. 아니, 그의 분주한 상상은 이미 그러한 소망을 이루었고, 어느새 눈앞엔 카트리나와 아이들까지 온 가족을 태운 마차가 달려가고 있었다. 세간이 가득 실린 마차엔 냄비며 주전자까지 대롱대롱 매달았고, 자신은 말 위에 올라 망아지까지 거느린 채 켄터키주와 테네시주, 혹은 신만이 아는 미지의 그곳으로 떠나고 있었다.

집 안에 들어서자 이카보드의 마음은 완전히 정복당하고 말았다.

널찍한 농가로 지붕마루는 높지만 경사는 낮은, 최초 네덜란드 이주자들로부터 전해져 내려오는 양식 그대로 지어진 집이었다. 낮게 돌출된 처마가 집 앞쪽을 따라 베란다를 이루었는데, 날씨가 궂으면 문을 닫을 수도 있었다. 그 밑으로는 도리깨와 마구, 그 밖에 여러 농기구와 이웃한 강에서 낚시할 때 쓰는 그물이 걸려 있었다. 양옆으로는 여름에 쓰는 긴 의자가 놓여 있었다. 한쪽 끝에는 커다란 물레가, 반대쪽 끝에는 버터를 만드는 교유기가 놓여 있어 이 중요한 베란다가 얼마나 다양한 용도로 사용되는지 보여 주었다. 이카보드는 감탄을 금치 못하며 베란다에서 집 안의 홀로 걸음을 옮겼다.

홀은 저택의 중심부이자, 평소 식구들이 주로 머무는 공간이었다. 그곳에는 긴 찬장 위로 휘황찬란한 백랍 그릇들이 줄줄이 진열되어 있어 눈이 부실 지경이었다. 한쪽 구석에는 양털이 담긴 거대한 자루 하나가 물레질을 기다리고 있었고, 다른 쪽 구석에는 막 베틀에서 나온 마모 교직물이 한가득 있었다. 옥수수 이삭과 줄에 꿰어 매달아 놓은 말린 사과와 복숭아는 붉은 고추 장식과 뒤섞여 화려하게 벽을 장식했다. 또한 살짝 열린 문으로 슬며시 엿본 훌륭한 응접실 안에는 발톱 달린 의자와 짙은 마호가니 탁자들이 거울처럼 번들거렸고, 삽과 부젓가락이 딸린 난로의 장작 받침쇠는 아스파라거스 모양 덮개 밑에서 반짝이고 있었다. 벽난로 위에는 고광나무와 소라 껍데기 장식이 놓여 있고, 그 위로는 갖가지 빛깔의 새알들이 줄줄이 매달려 있었다. 응접실 중앙에는 거대한 타조알이 걸려 있고, 일부러 열어 놓은 듯한 구석에 놓인 벽장에는 오래된 은제 식기와 잘 손질된 도자기들이 가득했다.

이런 환희의 지대에 눈이 닿은 그 순간부터 이카보드의 마음의 평온은 끝이 나고, 어떻게 하면 반 타셀의 어여쁜 딸의 마음을 얻을 수 있을까 고심했다. 그러나 이 대담한 계획 앞에는 옛날 옛적 모험을 찾아 떠나는 기사들 앞에 놓인 운명보다도 더 큰 가시밭길이 그를 가로막고 있었다. 그 옛날 기사들은 거인과 마법사, 불 뿜는 용처럼 손쉬운 상대들을 간단히 물리치고 사랑하는 아가씨가 갇혀 있는 굳게 닫힌 철문과 벽을 뚫고 나아가기만 하면 끝이었다. 용감한 기사는 이 모든 것을 크리스마스 파이를 반으로 가르는 것만큼이나 뚝딱 해치웠고, 그러면 그 아가씨는 으레 손을 내어 주기 마련이었다. 반면, 이카보드는 끊임없이 새로운 어려움과 장애물을 제시하는, 미로처럼 종잡을 수 없는 카트리나의 변덕과 충동에 시달리며, 요염한 시골 아가씨의 마음을 얻어야 했다. 더욱이 진짜 살과 피를 가진 무시무시한 적수를 수없이 맞닥뜨려야 했으니, 바로 그녀를 흠모하는 수많은 시골 청년들이었다. 그들은 카트리나의 마음으로 통하는 입구마다 막아서고, 서로를 경계와 분노의 눈초리로 감시했다. 그들은 누구라도 새로운 경쟁자가 나타나면 공동의 적으로 삼아 언제든 힘을 합쳐 뛰쳐나갈 준비가 된 자들이었다.

이들 가운데 가장 만만찮은 상대는 에이브러햄, 혹은 네덜란드식 약칭에 따르면 브롬 반 브런트라는 이름의 건장하고 우람하며, 으스대기 좋아하는 씩씩한 사내이다. 인근에서는 힘과 배짱으로 이름을 날리는 용사였다. 어깨가 넓고, 몸이 유연한 데다, 검은색의 짧은 곱슬머리로, 퉁명스럽긴 하나 심술궂은 얼굴은 아니었고, 장난기가 많으면서도 거만한 분위기를 풍기는 인물이었다. 헤라클레스 같은 거대한 체격에 워낙 팔다리 힘이 세서 '뼈다귀 브롬'이라는 별명이 생겼고, 그 별명으로 널리 알려져 있었다. 말타기라면 모르는 것이 없었고, 그 재주 또한 뛰어나기로 유명했는데, 말을 타는 솜씨가 타타르족 못지않았다. 모든 경주와 닭싸움에서도 그를 따라올 자가 없었다.

모름지기 시골 생활은 육체적인 힘이 지배적인 위치를 차지하기 마련이라 모든 분쟁의 심판을 도맡기도 했는데, 모자를 한쪽으로 삐딱하게 쓰고 그 어떤 반대나 항의를 허락지 않는 분위기와 말투로 결정을 내렸다. 그는 싸움이든 장난이든 언제든 응할 준비가 되어 있었지만, 기질상 악의보다는 장난기가 다분했고, 건방지고 난폭한 면이 있긴 해도 밑바탕에는 특유의 익살맞고 유쾌한 성향이 강하게 깔려 있었다. 그에게는 자신을 열렬히 믿고 따르는 절친 서넛이 있었다. 브롬은 그들을 거느리고 온 동네방네를 누비고 다녔는데, 인근 수 킬로미터 이내에서는 싸움이든 잔치든 그들이 나타나지 않는 곳이 없었다.

추운 날이면 여우 꼬리가 달린 털모자를 쓰는 걸로 유명하다 보니, 사람들은 모임을 갖다가도 신나게 달리는 무리 중에서 휙휙 움직이는 이 유명한 여우 꼬리가 멀리서 보일라치면, 또 한바탕 소동이 나겠거니 싶어 마음의 준비를 단단히 했다. 이들은 가끔 돈 코사크 기병대[12]처

---

12) 16세기 러시아의 돈강 일대에 살았던 유목민이자 유명한 기병대이다.

럼 한밤중에 요란하게 함성을 지르며 농가들을 지나 내달리기도 했다. 자다가 화들짝 놀라 깬 노부인들은 천방지축으로 달리는 말발굽 소리가 지나고 나면, "아이고, 뼈다귀 브롬과 그 일당이로구먼!" 하고 외치곤 했다. 이웃들은 그를 두려움과 감탄, 호의가 뒤섞인 눈길로 바라보았고, 인근에서 무모한 장난이나 거친 소동이 일어나기라도 하면, 고개를 절레절레 저으며 보나 마나 뼈다귀 브롬이 주동자가 되어 벌인 짓이라고 장담했다.

이 난폭하고도 무모한 영웅은 얼마 전부터 꽃다운 카트리나를 자신의 투박하나 정중한 관심의 대상으로 점찍었으며, 비록 그가 보여 주는 사랑의 몸짓은 마치 곰의 어루만짐이나 애정 표현과도 같았지만 들리는 소문에 따르면 카트리나가 그의 희망을 완전히 꺾지는 않은 듯했다. 확실한 것은 그가 나섰다는 것은 경쟁 상대들에게는 물러나라는 신호였으니, 그들도 연애 중인 사자를 방해하고 싶은 마음은 추호도 없었다. 그리하여 일요일 밤, 브롬의 말이 반 타셀가 말뚝 울타리에 묶여 있는 게 목격되면 말 주인이 연애 중이다, 혹은 이른바 안에서 '사귀는 중'이라는 표시로, 다른 모든 구혼자들은 맥이 풀려 발길을 돌리거나 새로운 싸움터를 찾아 뛰어들었다.

이카보드 크레인이 맞서야 할 경쟁자는 이렇듯 만만치 않은 상대였는지라, 이리저리 재어 보아도 이러한 상황에서는 그보다 강한 사내라도 주눅이 들고, 또 그보다 현명한 자라 해도 고개를 떨구기 십상이었다. 그러나 그는 타고나기를 유순함과 인내심이 적절히 결합된 사람이었다. 몸과 마음이 등나무와도 같아서 휘어지기 쉬우나 질겼고, 구부러 질지언정 부러지지는 않았으며, 조그만 압력에 고개를 숙였다가도 압 력이 사라지는 순간 획! 하고 벌떡 일어나 그 어느 때보다 빳빳이 고개를 들었다.

그가 경쟁자인 브롬과 공개적으로 맞붙는다는 것은 누가 봐도 미친 짓이었다. 연인 앞에서 무모하고도 열정적인 그리스 신화 속 영웅 아킬 레스처럼, 브롬 역시 자신의 연애를 방해하는 자를 가만히 두고 볼 자 는 아니었기 때문이었다. 그리하여 이카보드는 소리 없이 조심스럽게 은근한 방식으로 접근했다. 음악 교사라는 핑계로 그는 저택을 자주 드 나들었다. 연인들의 길에 종종 방해물이 되는, 부모의 오지랖 넓은 간 섭도 걱정할 바가 없었다. 발투스 반 타셀은 너그럽고 관대한 사람이었 다. 딸을 담배 파이프보다 더 아끼고 사랑했으며, 사리를 아는 남자이 자 훌륭한 아버지답게 무엇이든 딸이 하고 싶은 대로 하도록 내버려 두 었다. 살림 솜씨가 뛰어난 아담한 부인 역시, 집안일에다 닭과 오리를 돌보는 일만으로도 힘에 부쳤다. 부인이 짐짓 현명하게 말했던 바와 같 이, 오리나 거위는 어리석은 짐승들이라 돌보지 않으면 안 되지만 여자 아이들은 제 몸 정도는 챙길 줄 아는 법이 아니던가. 그리하여 부인이 집안 곳곳을 바삐 돌아다니거나, 베란다 한쪽 끝에서 물레질을 하는 사 이, 성실한 반 타셀 노인은 반대쪽에 앉아 뻐끔뻐끔 저녁 담배를 피우 면서, 헛간 꼭대기에서 양손에 검을 들고 바람에 맞서 누구보다 용감하 게 싸우고 있는 작은 목각 전사를 구경하곤 했다. 그러는 사이 이카보드는 커다란 느릅나무 아래 샘 옆에서, 혹은 사랑을 속삭이기에 더없이 좋은 때인 땅거미 질 무렵을 골라 카트리나와 함께 거닐며 그녀에게 구애하곤 했다.

고백하자면 나는 여인의 마음을 사로잡는 법을 잘 모른다. 나로선 여인들의 마음은 그 언제나 수수께끼이자 경이의 대상이었다. 어떤 여자들의 마음은 특별한 취약점, 혹은 접근할 경로가 하나인 것 같다. 반면, 그 마음에 이르는 길이 천 개는 되고, 마음을 사로잡는 방법도 천 가지 다른 방식이 있을 듯한 여자들도 있다. 전자의 마음을 얻는 것은 노련함의 대승리이나, 후자의 마음을 얻고 변함없이 지배할 수 있다면 전투를 지휘하는 장군에 버금가는 통솔력을 입증해 보이는 것이다. 문과 창문마다 지키고 서서 전투를 치러야 할 테니 말이다. 그러므로 평범한 여자의 마음 천 개를 얻는 남자는 어느 정도 명성을 얻을 자격이 분명 있겠으나, 요염한 여인의 마음을 절대적으로 지배하는 남자는 그야말로 영웅이라 할 수 있겠다. 확실한 건 뼈다귀 브롬은 영웅의 반열엔 오르지 못했다는 사실이었다. 이카보드 크레인이 접근하기 시작한 순간부터 브롬의 영향력은 명백히 기울었다. 일요일 밤마다 말뚝 울타리에 묶여 있던 그의 말은 더 이상 보이지 않았고, 브롬과 슬리피 할로우의 선생은 차츰 서로 앙숙지간이 되었다.

브롬은 타고나길, 어느 정도 거친 기사도를 지닌 인물이다. 그는 더없이 간결하고 단순한 사고방식으로 그 옛날 모험을 즐기던 기사들의 방식을 따라, 다시 말해 일대일 결투라는 방법으로 공개적으로 대결하여 카트리나에 대한 권리를 담판 짓기를 바랐을 터였다. 하지만 이카보드는 그러한 대결에 응하기에는 적의 힘이 월등하다는 사실을 너무도 잘 알고 있었다. 더구나 "그 선생의 몸을 반으로 확 꺾어서 학교 선반에다 올려놓겠다"며 브롬이 큰소리를 떵떵 치고 다닌다는 사실 또한 소문으로 들어 알고 있었다. 그러나 이카보드는 워낙 조심성이 많은 사람인지라 브롬에게는 좀처럼 그런 기회가 주어지지 않았다.

이와 같이 고집스럽게 평화주의적인 방침을 고수하다 보니 도리어 상대를 극도로 자극하는 면이 있었다. 이제 브롬에게는 선택의 여지가 없었다. 타고난 시골 특유의 넘치는 익살을 이용해 상대에게 야비한 장난을 거는 수밖에. 이카보드는 브롬과 그가 거느리는 기병대 무리의 종잡을 수 없는 박해의 대상이 되었다. 그들은 지금껏 평온했던 그의 영역을 공격하기 시작했다. 노래 교실의 굴뚝을 막아 연기로 가득 차게 만들기도 하고, 실가지로 꽁꽁 묶고 덧문에 말뚝을 괴어 만만찮은 방어를 해 놓았음에도 불구하고 학교에 침입해 온 교실을 엉망진창으로 만들어 버리기도 했다. 가엾은 선생은 온 동네 마녀란 마녀가 모두 모여 회합이라도 열었나 싶은 생각마저 들 정도였다. 하지만 더욱 짜증스러운 일은, 브롬이 기회가 될 때마다 카트리나 앞에서 그를 웃음거리로 만들었으며, 그것도 모자라 한 성질 사나운 개에게 우스꽝스럽게 낑낑대는 법을 가르쳐서는, 이카보드 못지않은 찬송가 선생이라며 카트리나에게 소개한 일까지 있었다.

이런 식으로 두 경쟁자가 처한 상황에 이렇다 할 변화 없이 얼마간 시간이 흘렀다. 그러던 어느 화창한 가을날 오후, 이카보드는 울적한 기분이 되어 자신만의 작은 학문의 왕국에서 일어나는 일들을 감시할 때면 걸터앉는 높은 의자에 왕처럼 앉아 있었다. 한 손에는 체벌용 자 막대기를 쥐었는데, 전제 군주가 왕권의 상징으로 드는 홀과도 같았다. 말썽꾸러기들에게는 끊임없는 공포의 대상인, 정의의 자작나무 회초리는 왕좌 뒤쪽, 못 세 개 위에 고이 모셔져 있었다. 이카보드 앞 탁자 위로는 반쯤 먹다 남은 사과며, 장난감 총, 팔랑개비, 파리 잡는 통, 종이로 접은 싸움닭 부대 등 게으른 개구쟁이들이 몰래 가져왔다가 들켜서 압수된 잡다한 물건들과 금지된 무기들이 눈에 띄었다. 보아하니 방금 학생들에게 한바탕 정의가 실현된 게 분명했다. 학생들이 하나같이 자신의 책에 바삐 열중하고 있거나, 눈을 선생에게서 떼지 않은 채로 책 뒤에 숨어 소곤거리고 있었기 때문이었다. 그러한 숨죽인 소곤거림을 빼면 교실 안은 정적이 가득했다. 이때 별안간 정적을 깨고 흑인한 명이 등장했다. 그는 거친 삼베로 만든 웃옷과 바지 차림에 마치 신들의 전령사인 헤르메스처럼 작고 둥근 모자를 쓰고는, 제대로 길도 안든 사납고 볼품없는 말에 올라타고 있었는데, 밧줄을 고삐 삼아 간신히 몰고 온 것처럼 보였다. 그는 그날 저녁 반 타셀 씨 댁에서 열리는 파티, 다시 말해 '누비이불 모임[13]'에 참석해 달라는 초대장을 들고 다그닥거리며 학교 문으로 올라왔다. 흑인들이 이런 종류의 알량한 심부름을 할

---

13) 누비이불을 만드는 여성들의 모임으로 잡담을 즐기는 일종의 친목회이다.

때면 으레 그러하듯이, 그는 한껏 목에 힘을 주며 세련된 말씨를 애써 골라 전갈을 전하고는 다시 중요하고도 긴급한 자신의 임무를 행하기 위해 골짜기 너머로 날쌔게 사라졌다.

방금 전까지 조용했던 교실은 이제 난장판이 따로 없었다. 학생들은 중요하지 않은 부분은 건너뛰고 부랴부랴 책을 읽어 내려갔다. 눈치 빠른 아이들은 절반은 거르고 읽어도 걸리지 않았고, 좀 더딘 아이들은 속도를 높이거나, 긴 낱말들을 잘 이해할 수 있게 도와주겠다는 선생님의 지도 아래 엉덩이를 얻어맞기도 했다. 책들은 선반에 올려놓는 대신 아무 데나 뒹굴고, 잉크통은 엎어졌으며 의자는 내던져졌다. 다들 보통 때보다 한 시간은 일찍 수업이 끝났는데, 꼬마 도깨비 부대처럼 소리를 지르며 교실을 뛰쳐나온 아이들은 때 이른 해방에 신이 나서 풀밭 위를 마구 뛰어다녔다.

이제 이카보드는 구식 검정 양복이긴 하나 사실상 한 벌뿐인 자신의 가장 멋진 옷을 솔질하고 매만져 교실에 걸린 깨진 거울 조각에 비추어 보고 머리도 가다듬어 가며, 못해도 30분이 넘게 몸단장에 시간을 쏟았다. 사랑하는 여인 앞에 진정한 기사다운 모습으로 나타나기 위해 자신이 묵고 있던 농가의 주인인 한스 반 리퍼라는 다혈질의 네덜란드계 노인에게서 말도 한 필 빌렸다. 그리하여 그는 모험을 찾아 떠나는 기사처럼 늠름하게 말에 올라 저택으로 출발했다. 그런데 낭만적 이야기의 참정신에 입각하여, 나의 영웅과 그의 말이 어떠한 모습과 장비를 갖추고 있었는지 잠시 언급하고 지나가고자 한다. 이카보드가 타고 앉은 말은 노쇠한 쟁기 말로, 늙어 빠진 말이지만 못된 성질만은 예전 그대로였다. 여월 대로 여위어 축 늘어진 몸에, 가느다란 목에 달린 머리는 마치 망치처럼 보였다. 빛바랜 갈기와 꼬리는 뒤엉키고 뭉쳐진 상태였다. 한쪽 눈은 눈동자를 잃어 허옇고 유령 같았지만, 반대쪽 눈은 진정 악마의 기운이 번득거렸다. 그러나 '화약'이라는 이름으로 미루어 보건대, 녀석도 한창때는 불같은 성미에 패기가 넘쳤던 게 틀림없었다. 녀석은 주인이자, 말을 사납게 몰기로 유명한 다혈질의 반 리퍼가 가장 아끼는 말로, 모르긴 해도 주인의 기질을 그대로 물려받은 게 분명한 듯싶었다. 보기에는 늙고 쇠잔해 보이나 인근의 어떤 팔팔한 암망아지들보다 거칠고 포악한 성미를 감추고 있었기 때문이었다.

이카보드는 그러한 말과 잘 어울리는 인물이었다. 짧은 등자에 발을 걸친 터라, 무릎이 거의 안장 머리까지 올라와 있었고, 뾰족한 팔꿈치는 메뚜기처럼 튀어나와 있었다. 마치 왕의 홀처럼 한 손에 채찍을 곧추들고 있어서 말이 터벅터벅 걸어갈 때면 양팔은 날개를 퍼덕이는 것처럼 움직였다. 이마가 좁은 탓에 털모자는 콧등에 걸쳐진 상태였고, 검은 외투 자락은 거의 말 꼬리 부근에서 펄럭였다. 한스 반 리퍼의 집 대문을 비척거리며 나설 때 이카보드와 그가 올라탄 말의 모습이 바로 이러했으니, 훤한 대낮에는 좀체 만나기 힘든 참으로 유령 같은 행차라 하겠다.

앞서 말했듯이 화창한 가을날이었다. 하늘은 맑고 고요했으며, 자연은 우리가 풍요하면 곧잘 떠올리는 비옥한 황금빛 옷을 걸치고 있었다. 숲은 수수한 갈색과 노란색 옷을 입은 반면, 보다 여린 나무들은 서리에 시들어 주황색과 자주색, 다홍색의 화려한 빛으로 눈부시게 물들어 있었다. 줄지어 날아가는 들오리들이 하늘 높이 모습을 드러내기 시작했고, 너도밤나무와 호두나무 숲에서는 다람쥐 우는 소리가 들려왔다. 그루터기만 남은 인근 들판에서는 이따금 메추라기들의 처량한 울음소리가 들려오곤 했다.

작은 새들은 서로 작별의 인사를 나누느라 바빴다. 한창 흥겨운 가운데, 새들은 사방에 펼쳐진 각양각색의 풍성한 모습에 파닥거리고 짹짹거리고 즐겁게 노닐며 덤불에서 덤불로, 나무에서 나무로 변덕스럽게 날아다녔다. 초보 사냥꾼들이 가장 좋아하는 사냥감이자, 투덜대는 듯한 음조로 시끄럽게 울어 대는 순수한 모습의 수컷 울새, 지지배배 검은 구름을 만들며 날아가는 검은색 찌르레기들, 목에는 넓고 검은 얼룩무늬에, 진홍색 볏과 화려한 깃털을 자랑하는 황금빛 날개의 딱따구리, 날개 끝은 붉고 꼬리 끝은 노란, 깃털로 된 작은 사냥 모자를 쓴 여새. 그리고 화려한 담청색 외투 밑으로 속옷 같은 하얀 털이 예쁜, 시끄러운 멋쟁이 큰어치는 빽빽거리고 짹짹거리고 고개를 끄덕이고 까딱이고 꾸벅거리며 숲속의 모든 노래하는 새들과 두루 잘 지내는 척했다.

터덜터덜 길을 가면서 이카보드는 두 눈을 크게 뜨고 풍성한 요리로 가득한 식탁을 알리는 행복한 가을의 보물들을 기쁨에 차 바라보았다. 눈을 돌리는 곳마다 사과 천지였다. 가지가 휠 정도로 주렁주렁 나무에 매달린 사과, 장에 내다 팔기 위해 바구니와 통에 모아 놓은 사과,

즙을 내려고 수북이 쌓아 올린 사과 무더기도 보였다. 조금 더 가자 드넓은 옥수수밭이 눈에 들어왔다. 잎사귀들 사이로 황금빛 옥수수 열매가 살며시 고개를 내밀며 조만간 옥수수케이크와 옥수수죽으로의 변신을 약속하고 있었다. 또한 노란 호박들은 그 밑에 누워 태양을 향해 커다랗고 둥근 배를 내밀고는 더없이 푸짐한 파이를 약속했다. 얼마 지나지 않아 그는 벌통 냄새를 풍기는 향긋한 메밀밭을 지나게 되었는데, 자기도 모르게 가냘프고 앙증맞고도 오동통한 카트리나 반 타셀의 손으로 버터를 듬뿍 발라 꿀과 당밀을 곁들여 낸 맛있는 팬케이크에 대한 기분 좋은 기대감이 차올랐다.

이카보드는 이렇듯 수많은 달콤한 생각과 감미로운 상상들을 마음껏 즐기며 웅장한 허드슨강의 말할 수 없는 절경이 내려다보이는 산허리를 따라 이동했다. 거대하고 둥근 태양은 서서히 서쪽으로 기울고 있었다. 길게 드리운 먼 산의 푸른 그림자가 이곳저곳에서 부드럽게 일렁일 뿐, 태판지의 너른 품은 미동도 없이 거울같이 잔잔했다. 바람 한 점 없는 하늘에는 호박색 구름만 몇 조각 떠 있었다. 화려한 황금빛으로 물든 수평선은 서서히 밝은 녹황색으로 바뀌는가 싶더니, 이내 다시 짙푸르게 변해 갔다. 저물어 가는 햇살이 강을 향해 돌출된 나무가 우거진 벼랑 끝에 머물며, 바위투성이인 짙은 잿빛과 자줏빛 벼랑 경사면에 깊이를 더했다. 저 멀리에서는 범선 한 척이 쓸모도 없는 돛을 매달고 물결을 따라 천천히 강을 내려가고 있었고, 하늘이 반사되어 고요한 물을 따라 반짝이면서 마치 범선이 공중에 떠 있는 것처럼 보였다.

이카보드가 반 타셀가의 저택에 다다랐을 땐 저녁이 다 된 시간이었고, 일대에서 잘나간다 하는 사람들은 이미 그곳에 다 모여 있었다. 여윈 가죽 같은 얼굴을 한 늙은 농부들은 손으로 짠 외투와 반바지 차림에, 파란색 긴 양말과 큼직한 구두를 신고, 거대한 백랍 장식이 달린 허리띠까지 차고 나타났다. 작고 오글쪼글하나 활달한 농부의 부인들은 주름이 잡힌 모자를 쓰고 허리선이 낮게 잡힌 짧은 드레스에 손으로 짠 속치마를 갖춰 입었는데, 드레스 밖에는 가위와 바늘꽂이, 화사한 옥양목 쌈지를 매달고 있었다. 가슴이 풍만한 아가씨들은 차림새가 제 어머니들만큼이나 구식이긴 해도 밀짚모자나 예쁜 리본, 혹은 하얀 드레스를 입은 모습은 도시의 유행을 따르고 있는 듯했다. 그 아들들은 아주 커다란 놋쇠 단추가 줄줄이 달린, 옷자락이 네모난 짧은 외투 차림이었고, 머리는 당시 유행에 따라 대개 땋아서 늘인 머리였다. 이는 뱀장어 껍질을 구할 수 있을 때만 할 수 있는 머리로, 그 일대에서는 뱀장어 껍질이 머릿결에 좋은 영양제이자 강화제로 여겨지고 있었다.

그러나 이곳의 주인공은 자신의 애마인 데어데빌[14]을 타고 나타난 뼈다귀 브롬이었다. 데어데빌은 브롬처럼 패기 있고 장난기가 다분한 녀석으로 주인 말고는 아무도 다룰 수가 없었다. 사실, 브롬은 올라탄 사람의 목을 언제든 부러뜨리게 만들 만한 온갖 위험한 장난을 부리는 사나운 짐승을 좋아했는데, 그는 잘 길들여진 다루기 쉬운 말은 진정한

---

14) 데어데빌(daredevil)은 '저돌적이고 무모한 사람'이라는 뜻이 있다.

사나이한테는 어울리지 않는다고 여겼다.

여기서 잠깐, 이카보드가 반 타셀의 저택의 웅장한 응접실에 들어섰을 때 넋을 잃은 그의 시선 앞에 펼쳐진 황홀한 세계에 대해 이야기하고 넘어가고자 한다. 그것은 붉고 흰 드레스로 호화롭게 뽐낸 가슴이 풍만한 아가씨들 때문이 아니었다. 가을 중에서도 가장 호화찬란한 시기에, 진정한 네덜란드식 시골 다과상이 선사하는 탐스럽고도 풍족한 매력 덕분이었다. 경험이 풍부한 네덜란드계 주부만이 알 수 있는, 말로 다 하기 힘들 정도로 수많은 종류의 케이크 접시들이 수북이 쌓여 있었다! 단단한 도넛, 부드러운 도넛, 바삭하고 파슬파슬한 꽈배기 도넛, 달콤한 케이크와 쇼트케이크, 생강케이크와 꿀케이크 등등. 그리고 사과파이, 복숭아파이, 호박파이가 있었고, 얇게 저민 햄과 훈제 소고기도 보였다. 그뿐만 아니라 먹음직스럽게 설탕에 절인 자두, 복숭아, 배와 마르멜루[15])도 보였다. 석쇠에 구운 청어와 통닭구이는 말할 것도 없었다. 우유와 크림 종지들과 함께, 내가 대략 열거한 바와 같이, 모든 음식들이 뒤죽박죽 섞여 있고 그 한가운데 정다운 찻주전자가 김을 폴폴 뿜고 있었으니…… 참으로 미안할 따름으로, 숨을 돌리고 시간을 내어 이 연회에 대해 논하고 싶고, 또 마땅히 그럴 만한 가치가 있으나 나의 이야기가 계속되기를 간절히 원하기에 이쯤에서 그만하려 한다. 다행히 이카보드 크레인은 나와는 달리 그리 급할 일이 없는 터라 이 모

---

15) 모과 비슷한 열매로 잼 등을 만드는 데 쓴다.

든 진미를 배부르게 즐겼다.

　이카보드는 인정 많고 감사할 줄 아는 사람이었다. 뱃가죽에 진수성찬이 들어찰수록 마음도 넓어졌고, 술을 마시면 기분이 좋아지는 남자들처럼 그는 음식을 먹으면 그러했다. 또한 먹으면서 자기도 모르게 커다란 눈을 굴려 주위를 바라보며, 언젠가는 상상도 할 수 없을 만큼 호화롭고 화려한 이 모든 광경이 자신의 소유가 될지도 모른다는 생각에 싱글벙글 웃음을 지었다. 그렇게 되면, 제일 먼저 낡아 빠진 학교를 때려치운 뒤, 한스 반 리퍼와 그 밖에 다른 인색한 후원자들을 면전에서 무시하고, 감히 자신을 동료라 칭하는 떠돌이 선생이 있다면 누구라도 쫓아내겠노라 속으로 다짐했다!

　반 타셀 노인은 흐뭇하고도 유쾌한 얼굴, 한가위 보름달처럼 둥글고 행복한 얼굴로 손님들 사이를 돌아다녔다. 손님을 대할 때에는 악수를 나누거나 어깨를 툭 치거나, 호탕하게 웃거나, 혹은 "사양 말고 마음껏 드시오"라고 간곡히 권하는 정도로, 간소하지만 마음이 담겨 있었다.

　곧 사교실, 즉 홀에서 음악이 흘러나오기 시작하면서 춤을 추라며 사람들을 불러 모았다. 연주자는 머리가 희끗희끗한 늙은 흑인으로 반세기가 넘게 이 마을에서 순회 악단으로 일한 사람이었다. 악기는 연주자만큼이나 낡고 닳았다. 그는 내내 현을 두세 줄만 이용해 연주했고, 활이 움직일 때마다 고개를 같이 까딱거렸다. 또한 새로운 남녀가 춤을 추러 나올 때마다 머리가 바닥에 닿도록 고개 숙여 인사를 건네며 발을 쿵쿵 굴렀다.

이카보드는 자신의 노래 실력만큼이나 춤 솜씨에 대한 자부심이 대단했다. 춤을 출 때는 팔다리는 물론이고 근육 하나마저 게을리하지 않았다. 대충 뼈대에 헐렁하게 매달려 있는 듯한 그의 몸이 통째로 움직이며 요란하게 방을 휘젓고 다니는 모습을 보고 있자면, 마치 춤의 수호성인인 성 바이투스[16]가 살아서 돌아온 것 같은 착각을 불러일으킬 정도였다. 이카보드는 모든 흑인들의 찬사를 한 몸에 받았다. 남녀노소를 막론하고 농장과 동네에서 우르르 모여든 흑인들은 문이며 창문에 바짝 달라붙어서는 반짝이는 검은 얼굴을 탑처럼 포개고 서서, 하얀 눈동자를 굴리고 상아색 이가 다 드러날 정도로 입이 귀에 걸리도록 웃어가며 그가 춤추는 모습을 신나서 구경했다. 말썽쟁이들에게는 사정없이 매를 휘두르는 선생이라 하나, 어찌 이때만은 활기와 기쁨이 넘치지 않을 수 있겠는가? 사랑하는 여인이 파트너가 되어 함께 춤을 추었고, 고맙게도 그가 던지는 모든 사랑의 추파에 미소로 화답하고 있으니 말이다. 그러는 사이 뼈다귀 브롬은 사랑과 질투에 몸부림치며 한쪽 구석에 홀로 시무룩하게 앉아 있었다.

춤이 끝나자 이카보드는 한 무리의 박식한 사람들에게 관심이 쏠렸는데, 그들은 반 타셀 노인과 함께 베란다 한쪽 끝에 앉아 담배를 피워 문 채 지나간 시절의 이야기도 나누고, 독립 전쟁에 얽힌 이야기를 장

---

16) 성 바이투스의 이름을 딴 St. Vitus's dance는 '무도병'이라고 일컬어지며, 손발이 자신의 뜻과 상관없이 움직이는 병이다.

황하게 주고받기도 했다.

당시 이곳은 전쟁에 관한 기록과 위인들이 넘쳐 나기에 매우 조건이 좋은 지역에 속했다. 독립 전쟁 당시 영국군과 미국군 부대가 이 근처를 지나간 터라 노략질이 빈번했고, 피난민과 카우보이는 물론, 온갖 정의의 용사들이 넘쳐 났다. 이제는 적당한 시간이 흘러 이야기꾼들은 저마다 얼마간 허구를 섞어 이야기를 꾸며 내고, 흐릿한 기억을 이용하여 자신을 모든 공적의 주인공으로 만들 수가 있었다.

그중에 몸집이 거대한, 푸른 수염의 네덜란드인인 도퓨 마틀링의 이야기가 있다. 진흙으로 쌓은 흉벽에서 낡은 9파운드 포로 버티며 영국군 호위함을 나포하기 직전이었으나, 그만 여섯 번째 발포에서 갑자기 대포가 터져 버렸다고 했다. 그리고 가볍게 언급되기에는 너무도 부유한 사람이라 이름을 밝힐 수 없는 한 노신사도 있다. 그는 방어의 귀재로, 화이트 플레인스 전투 중에 머스킷 총에서 발사된 총알을 작은 검 하나로 막아 냈는데, 총알이 칼날 근처를 쌩하고 날아가 칼자루를 스치고 지나가는 걸 확실히 느꼈다고 했다. 그 증거로 그는 언제든 자루가 살짝 휜 그 검을 보여 줄 준비가 되어 있었다. 전투에서 똑같이 대단한 위업을 세운 이야기가 그 밖에도 서넛은 더 있었으며, 하나같이 전쟁이 만족스럽게 끝난 데에는 자신의 역할이 상당했다고 믿었다.

그러나 이 모든 이야기는 그다음에 이어진 귀신이나 유령 이야기와 비하면 아무것도 아니었다. 이 지역은 그러한 종류의 전설적인 보물 같은 이야기가 넘쳐 났다. 고장의 전설이나 미신은 이렇듯 세상의 풍파로부터 격리되고, 정착한 지 오래인 조용한 곳에서 번성하는 법이다. 그러나 대부분의 고장에서는 많은 인구가 끊임없이 이동하다 보니 그 발에 짓밟혀 이야기나 미신이 버텨 낼 재간이 없다. 더구나 딱히 유령이 나타날 만한 이유도 없는 것이, 유령들이 첫잠을 끝내고 무덤에서 몸을 일으키기도 전에 살아 있는 친구들은 이미 고향을 떠난 뒤이기 때문이다. 따라서 밤에 나타나 돌아다닌들, 찾아갈 지인이 아무도 남아 있질 않다. 이곳에 터를 잡은 지 오래인 이 네덜란드계 동네 말고는 유령 이야기 듣기가 쉽지 않은 것도 바로 이 때문이 아닌가 싶다.

그러나 이 지역에 초자연적인 이야기가 널리 퍼진 직접적인 원인은 의심의 여지없이 가까이 있는 슬리피 할로우 덕분이다. 유령이 출몰하는 그곳에서 불어오는 바람에는 전염력이 존재했다. 그 바람은 꿈과 환상의 분위기를 뿜어내 온 땅을 물들게 했다. 반 타셀가의 저택에도 슬리피 할로우 주민 서너 명이 참석했고, 언제나처럼 그들은 공상적이고 불가사의한 전설들을 야금야금 꺼내 놓는 중이었다. 그들은 불운한 안드레 소령[17]이 체포된 커다란 나무가 인근에 있다며, 지금도 그 주변에서 장례 행렬이 보이고 애통해하는 울부짖음과 통곡 소리가 들린다는 등 여러 가지 오싹한 이야기들을 들려주었다.

또 어떤 이들은 레이븐 락의 어두컴컴한 골짜기에 출몰하는 흰옷을 입은 여인에 대한 이야기를 들려주었는데, 눈 내리는 날 그곳에서 죽은

---

17)   독립 전쟁 중 영국군의 스파이로 체포되어 교수형에 처해졌다.

터라 눈보라가 치기 전 겨울밤이면 종종 날카로운 비명이 들린다고 했다. 그러나 그중에서도 단연 최고는 슬리피 할로우에서 가장 인기 있는 유령인 머리 없는 기병이다. 최근에도 그곳을 돌아다니는 소리가 여러 번 들렸고, 밤이면 그의 말이 교회 묘지 사이에 묶여 있다고 했다.

교회가 워낙 외진 곳에 있다 보니 고통받는 영혼들이 자주 나타나는 것도 이해가 되었다. 언덕 위에 자리한 교회는 아카시아나무와 우뚝 솟은 느릅나무들로 에워싸여 있었고, 그 나무들 사이로 희게 칠한 고상한 벽들이 점잖게 빛나고 있었으니, 마치 기독교적 순수함이 은둔처의 그늘을 뚫고 빛을 발하는 것처럼 보였다. 교회에서부터 높은 나무들로 경계를 이룬 은빛 수면까지는 완만한 경사가 이어졌고, 그 나무들 사이로 허드슨강의 푸른 언덕들이 언뜻언뜻 보였다. 햇살도 고요히 잠든 듯한 푸른 교회 묘지를 보고 있자면, 이곳에서만은 죽은 자들이 편히 쉴 듯했다. 교회 한쪽으로는 나무가 우거진 작은 골짜기가 펼쳐져 있고, 그 골짜기를 따라 부서진 바위들과 쓰러진 나무 둥치들 사이로 커다란 개울이 세차게 흘러내렸다. 교회에서 그리 멀지 않은 곳에 깊고 시커먼 개울 위로 예전에 놓은 나무다리 하나가 있었다. 다리로 이어지는 큰길에서부터 다리 위까지 빽빽하게 드리운 나무들이 만든 짙은 그림자 때문에 한낮에도 음침한 분위기를 자아냈지만, 밤이면 무시무시한 암흑천지였다. 이곳이 바로 머리 없는 기병이 즐겨 찾는다는 곳이자, 사람들이 그를 가장 자주 맞닥뜨리는 곳이기도 했다. 이와 관련하여 브라우어라는 한 노인의 이야기가 전해지는데, 그는 본래 유령 이야기라면 좀체 믿지 않는 사람이었다. 노인은 어느 날, 슬리피 할로우로 쳐들어갔다가 돌아오는 길이었던 그 기병과 마주쳤다. 기병은 노인을 억지로 말에 태우고는 덤불과 수풀을 지나 언덕을 넘고 늪을 건너 이 다리에 다다랐다고 했다. 그러자 기병이 갑자기 해골로 변하더니 노인을 개울에 던져 버리고는 나무 꼭대기보다도 높이 뛰어올라 천둥 같은 소리와 함께 사라져 버렸다는 이야기였다.

그러자 즉각 뼈다귀 브롬이 참으로 기상천외한 이야기를 들고 나와 맞섰는데, 그는 질주하는 헤센 기병을 엉터리 기수라며 얕잡아 보았다. 브롬의 주장에 따르면, 어느 날 한밤중에 이웃 마을 싱싱에서 돌아오는 길에 이 유령 기병과 마주쳤다고 했다. 브롬은 그에게 펀치[18] 한 통을 건 경주를 제의했고, 자신의 말 데어데빌이 처음부터 내내 그 유령의 말을 앞질렀기에 승리를 확신했다고 한다. 그런데 교회 다리에 다다른 순간, 그자가 도망을 치더니 한줄기 불꽃이 되어 사라졌다고 했다.

어둠 속에서 이야기를 주고받을 때면 으레 그렇듯, 나른하고 조용한 목소리로 전해진 이 모든 이야기와 어쩌다 깜빡이는 담뱃불에 어슴푸레하게 비치는 듣는 이들의 얼굴은 이카보드의 가슴속에 깊이 내려앉았다. 그는 그 이야기들에 대한 답례로 자신이 가장 아끼고 사랑하는 작가인 코튼 매더의 작품을 몇 개 들려주었고, 자신의 고향인 코네티컷 주에서 일어난 수많은 불가사의한 사건들과 자신이 밤에 슬리피 할로

---

18) 물, 과일즙, 향료에 보통 포도주나 다른 술을 넣어 만든 음료이다.

우를 거닐다 목격한 무서운 광경들을 덧붙여 들려주었다.

이윽고 서서히 연회는 끝이 났다. 늙은 농부들은 마차로 가족들을 불러 모았고, 그들을 태운 마차가 텅 빈 길을 달려 언덕 너머로 달그닥거리며 나아가는 소리가 한동안 들려왔다. 몇몇 처녀들은 애인을 따라 말 뒷자리에 올라탔고, 말발굽 소리와 뒤섞여 고요한 삼림 지대를 따라 울려 퍼지던 그들의 경쾌한 웃음소리는 차츰 희미해지다 서서히 사라져 갔다. 방금 전까지만 해도 시끌벅적 흥에 겨워 요란하게 떠들던 소리는 오간 데 없고, 어느새 고요한 가운데 인기척조차 없었다. 이카보드만이 홀로 자리를 지켰다. 그는 시골 연인들의 풍습에 따라 상속녀와 둘만의 이야기를 나눌 속셈이었다. 그는 바야흐로 성공의 가도로 나아가고 있다고 굳게 믿었다. 이 둘 사이에 어떤 대화가 오갔는지는 밝히지 않으려 한다. 사실 나 역시 잘 모르기 때문이다. 그러나 안타깝게도 무언가 잘못된 것만은 확실했다. 그다지 오래지 않아 이카보드가 풀이 죽어 너무도 쓸쓸하게 집을 나섰기 때문이었다. 아, 여인들이란! 여인들이란! 지금껏 요염한 술수로 장난질을 했던 것인가? 딱한 선생에게 넘어간 양 굴었던 게 그 경쟁자의 마음을 차지하기 위한 그저 가식에 불과한 행동이었단 말인가? 그 속을 누가 알리! 이카보드가 아름다운 여인의 마음이 아닌, 닭장이라도 턴 사람 같은 분위기로 슬그머니 꽁무니를 뺐다는 정도로만 말해도 충분하리라. 아까까지만 해도 그토록 흡족한 눈으로 바라보았던 풍요로운 시골 풍경에도 그는 좌우로 고개 한 번 돌리지 않고 곧장 마구간으로 걸어갔다. 그는 거침없이 주먹질과 발길질을 날려, 산처럼 쌓인 옥수수와 귀리, 그리고 골짜기 가득한 큰조아재비와 토끼풀 꿈을 꾸며 편안한 마구간에서 곤히 잠든 말의 잠을 가차 없이 깨웠다.

이카보드는 풀이 죽어 무거운 마음으로 집으로 향했다. 낮에는 그토록 유쾌하게 가로질렀던 태리 타운을 굽어보며 우뚝 솟은 산허리를 따라 걸음을 옮기던 그때는 마녀가 활개 치는 한밤중[19]이었다. 이카보드 자신만큼이나 음울한 시각이었다. 까마득한 아래쪽으로는 태판지가 어스름하고 흐릿한 빛으로 드넓게 펼쳐져 있고, 여기저기에 닻을 내리고 고요히 정박 중인 범선의 높은 돛대가 보였다. 쥐 죽은 듯 고요한 한밤중인지라, 허드슨강 반대쪽 강변의 경비견 짖는 소리마저 들릴 정도였지만 워낙 어렴풋하고 희미해서 이 인간의 충직한 벗과의 거리만 간신히 가늠이 될 정도였다. 이따금 어쩌다 잠이 깬 수탉이 길게 뽑아내는 울음소리가 언덕 사이 어느 농가에서 아주 멀게 들려오곤 했지만, 그의 귀에는 꿈결 같은 소리처럼 들렸다. 가까이에는 살아 있는 생명이라곤 아무것도 없는 듯했다. 간혹 귀뚜라미가 구슬프게 울거나, 근처 늪에서 잠자리가 편치 않아 뒤척이는 듯한 황소개구리의 걸걸한 울음소리만이 들려올 뿐이었다.

이제 이카보드는 그날 저녁에 들은 유령이며 요괴에 대한 온갖 이야기가 앞다투어 떠오르기 시작했다. 밤은 점점 더 짙어 갔다. 별들은

---

19) 셰익스피어의 《햄릿》에 나오는 대사에서 인용한 말이다.

하늘 더 깊숙한 곳으로 가라앉은 듯했고, 바람에 날려 빠르게 흘러가는 구름은 이따금씩 그의 시야에서 모습을 감추었다. 이렇듯 쓸쓸하고 무서운 생각이 들기는 처음이었다. 더구나 그는 지금, 수없이 많은 유령 이야기들의 배경이 되었던 바로 그곳으로 다가가는 중이었다. 큰길 한가운데에는 거대한 튤립나무가 주변 다른 나무들 위로 거인처럼 우뚝 솟아 있어 일종의 이정표 역할을 했다. 가지는 울퉁불퉁하고 기이한 데다 보통 나무들의 몸통만큼이나 굵었으며 땅에 닿을 정도로 휘어져 내려왔다가 다시 공중으로 솟아 있었다. 불행한 안드레 소령의 비극적 이야기 속 바로 그 나무로, 소령은 이 나무 가까이에서 체포되었기에 안드레 소령의 나무라는 이름으로 널리 알려져 있었다. 보통 사람들은 경의와 미신이 뒤섞인 마음으로 이 나무를 대했는데, 불운한 소령의 운명에 대한 안타까움도 있고, 그와 관련하여 전해지는 이야기 속 기이한 광경과 구슬픈 울음소리 때문이기도 했다.

　이 무시무시한 나무가 가까워지자 이카보드는 휘파람을 불기 시작했다. 그때 누군가 자신의 휘파람에 응답하는 듯한 느낌이 들었다. 알고 보니 마른 나뭇가지 사이를 빠르게 스치고 지나가는 바람 소리였다. 조금 더 가까이 다가가자 나무 한가운데에 무언가 하얀 물체가 매달려 있는 것 같았다. 그는 휘파람을 그치고 우뚝 멈춰 섰다. 자세히 보니 번개에 맞아 상처가 생겨 하얗게 벗겨진 자리였다. 불현듯 신음 소리가 들리자 이가 딱딱 맞부딪치고 안장 위에서 무릎이 후들거렸다. 이 역시 거대한 가지가 산들바람에 흔들려 다른 가지와 맞비벼지며 나는 소리였다. 이카보드는 무사히 그 나무를 지나쳤지만 그의 앞에는 새로운 위험이 놓여 있었다.

그 나무에서 180미터쯤 떨어진 곳에, 큰길을 가로지르며 난 작은 개울이 하나 있었다. 이 개울은 와일리의 늪이라는 이름으로 알려진, 나무가 울창한 질퍽한 골짜기로 흘러들었다. 개울 위로는 거친 통나무 몇 개가 나란히 놓여 다리 역할을 했다. 개울이 숲으로 들어서는 길 쪽에는 떡갈나무와 밤나무 여러 그루가 머루 덩굴로 빽빽하게 뒤덮인 채 길 위로 동굴 같은 어둠을 드리웠다. 이 다리를 건넌다는 건 가혹한 시련이었다. 이곳은 불행한 안드레 소령이 체포된 바로 그 자리였고, 그를 기습하기 전, 건장한 의용병들이 몸을 숨겼던 곳이 바로 이 밤나무와 머루 덩굴 아래였다. 그 뒤로 이곳은 유령의 개울로 여겨졌고, 어두워진 뒤 홀로 이 다리를 지나야만 하는 남학생들은 무서워서 벌벌 떨곤 했다.

이 개울이 가까워지자 이카보드는 가슴이 쿵쾅거리기 시작했다. 그러나 그는 남은 용기를 모두 끌어모아 말의 갈빗대를 수차례 걷어차, 단번에 다리를 질주하려 했다. 그런데 이 심술궂은 늙은 말이 옆 걸음질을 치는가 싶더니 닥치는 대로 내달리기 시작했다. 시간만 지체되자 두려운 마음이 커진 이카보드는 반대쪽으로 고삐를 획 당기며 다른 발로는 냅다 발길질을 날렸다. 그러나 다 허사였다. 말은 달리기 시작했으나, 이번엔 길 반대편으로 돌진해 검은딸기나무와 오리나무 덤불 속으로 향하고 말았다. 이제 선생은 늙은 '화약'의 야윈 갈비뼈에 채찍질과 발길질을 동시에 가했고, 화약은 히이잉 콧김을 내뿜으며 앞으로 달려 나갔으나, 달리던 말이 다리 옆에서 별안간 우뚝 멈춰 서는 바람에 그는 하마터면 몸이 거꾸로 처박힐 뻔했다. 바로 그때, 예민한 이카보드의 귀에 다리 옆쪽에서 첨벙거리는 누군가의 발소리가 들려왔다. 숲의 어두운 그늘 속, 개울가 한쪽에 무언가 기이하게 생긴 거대한 형체가 우뚝 솟아 있었다. 그 형체는 꿈쩍도 않고, 마치 언제라도 나그네를 덮칠 준비가 된 거대한 괴물처럼 어둠 속에서 잔뜩 몸을 도사리고 있는 것 같았다.

겁에 질린 선생은 머리털이 쭈뼛 곤두서는 오싹함을 느꼈다. 어쩐단 말인가? 돌아서서 달아나기는 너무 늦었다. 게다가 혹시 그 정체가 유령이나 요괴라면 바람의 날개를 타고 달리는 그들을 무슨 수로 피한단 말인가? 그리하여, 그는 있는 용기 없는 용기를 모두 그러모아 더듬거리며 물었다.

"누, 누구냐?"

아무런 대답도 없었다. 더욱 떨리는 목소리로 그가 다시 한 번 물었다. 여전히 묵묵부답이었다. 이카보드는 꿈쩍도 않는 화약의 옆구리에 다시 한 번 채찍질을 날린 뒤, 두 눈을 질끈 감고는 자기도 모르게 열심히 찬송가를 부르기 시작했다. 바로 그때 이 어슴푸레한 형상이 놀라 움직이는가 싶더니 한달음에 뛰어올라 길 한가운데에 우뚝 섰다. 어둡고 음침한 밤이었으나, 이제 이 정체 모를 자의 모습이 어렴풋이 분간되었다. 몸집이 큰 남자로, 역시 건장한 체격의 검은 말을 타고 있었다.

그자는 훼방을 놓지도, 그렇다고 이렇다 할 아는 체도 없이, 길 한쪽에 고고하게 서서는 늙은 화약의 보이지 않는 눈이 향한 방향에서 천천히 왔다 갔다 할 뿐이었다. 화약은 이제 두려움이 가셨는지 괜한 고집을 부리진 않았다.

이 한밤중의 기이한 동반자가 탐탁지 않았던 이카보드는 뼈다귀 브롬과 질주하는 헤센 기병과의 모험을 떠올리고는, 그를 따돌리기를 바라는 마음에 화약을 재촉하여 속도를 높였다. 그러자 그 낯선 자도 똑같이 속도를 높였다. 이카보드는 반대로 상대를 먼저 보내야겠다 싶어 속도를 줄여 천천히 걸었지만, 그 역시 똑같이 따라 했다. 이카보드는 심장이 쿵 내려앉는 기분이었다. 그는 다시 찬송가를 불러 보려 했지만, 바싹 마른 혀가 입천장에 착 달라붙어 한 소절도 부를 수가 없었다. 이 집요한 상대의 변덕스럽고도 끈질긴 침묵 속에는 불가사의하고 소름 끼치는 무언가가 있었다. 하지만 곧 그 무시무시한 까닭이 밝혀졌다. 언덕에 오르자, 하늘을 배경으로 상대의 형상이 뚜렷이 드러났다. 키는 거인같이 크고, 몸에는 망토를 둘렀는데, 머리가 없다는 사실을 깨닫고 이카보드는 공포에 휩싸였다! 그러나 어깨 위에 있어야 마땅한 그 머리가 그 형체 앞 안장 머리에 떡하니 놓여 있는 것을 보고 그의 공포는 걷잡을 수 없는 지경에 이르렀다. 이제는 공포를 넘어 절박한 심정이었다. 혹시 기습적으로 움직이면 상대를 따돌릴 수 있지 않을까 싶어 그는 화약에게 마구 발길질과 채찍질을 했다. 그러나 그 유령은 그를 쫓아 전속력으로 달리기 시작했다. 그리하여 그들은 물불 가리지 않고 광란의 질주를 벌였다. 내달릴 때마다 돌들이 날고 불꽃이 번쩍였다. 어떻게든 도망치고 말겠다는 생각에 이카보드가 말 머리 앞으로 호리호리하고 여윈 몸을 쭉 뻗자, 그의 얇은 옷이 바람에 펄럭였다.

그들은 이제 슬리피 할로우로 굽어 드는 길목에 이르렀다. 그런데 악마에 홀리기라도 한 듯이, 화약이 계속 앞으로 나아가다가 느닷없이 반대쪽으로 방향을 틀더니 내리막길을 따라 왼쪽으로 내달렸다. 이 길을 가다 보면 나무 그늘이 드리운 400여 미터쯤 이어진 모래 골짜기가 나오는데, 그곳에는 유령 이야기로 유명한 다리가 있으며, 바로 그 너머에는 푸른 언덕 위로 하얀 교회가 자리하고 있었다.

계속되는 추격전에서는 겁에 질려 허둥대는 말이 도리어 미숙한 기수인 이카보드에게 유리하게 작용하는 듯했으나, 모래 골짜기를 절반 정도 지났을 무렵에 안장을 죄는 가죽이 풀어지자 안장이 아래로 스르륵 미끄러지는 게 느껴졌다. 이카보드는 안장 머리를 붙잡고 어떻게든 놓치지 않으려 했지만 헛수고였다. 결국 안장이 바닥으로 떨어지자 그는 늙은 화약의 목을 꼭 끌어안고 간신히 목숨을 부지했다. 떨어진 안장이 추격자의 발에 짓밟혀지는 소리가 들렸다. 순간 분노할 한스 반 리퍼에 대한 두려움이 마음속을 스치고 지나갔다. 노인이 가장 아끼는 안장이었기 때문이었다. 그러나 지금은 사소한 두려움에 연연할 때가 아니었다. 유령이 뒤를 바짝 쫓고 있었다. 더구나 (그는 말을 모는 데 서툰 이가 아니던가!) 어떻게든 말에서 떨어지지 않으려고 난리도 아니었다. 한쪽으로 주르륵 미끄러지는가 싶다가 이내 반대쪽으로 미끄러지고, 또 높은 말 등뼈 위에서 요동치며 달리는 통에 자칫 몸이 산산조각 나는 것은 아닐까 심히 두려운 상태였다.

나무 사이로 빈터가 드러나자 이카보드는 교회 다리가 가까워졌다는 안도감과 함께 더욱 기운을 내기 시작했다. 개울 한복판에 비치어 일렁이는 은빛 별은 그의 생각이 틀리지 않았음을 말해 주었다. 교회 벽이 개울 건너 나무들 아래에서 희미하게 빛나고 있었다. 그는 뼈다귀 브롬과 대결을 벌였던 유령이 사라졌다는 곳을 떠올렸다. 이카보드는 속으로 생각했다.

'그 다리까지만 도착하면 난 무사해.'

바로 그때 바로 뒤에서 검은 말이 입김을 내뿜으며 헐떡이는 소리가 들렸다. 말의 뜨거운 입김이 훅 닿는 듯한 느낌마저 들었다. 그가 다시 한 번 화약의 갈빗대를 맹렬히 걷어차자, 늙은 화약이 다리로 뛰어 올랐고, 천둥처럼 요란하게 널빤지를 쿵쿵거리며 마침내 다리 반대편에 다다랐다. 이제 이카보드는 규칙대로 자신의 추격자가 불과 유황의 불꽃 속에서 사라지는지 보려고 흘깃 뒤를 돌아보았다. 바로 그때 그 유령이 등자에서 몸을 일으키더니 이카보드를 향해 자신의 머리를 내던졌다. 그는 공중을 가르는 그 무시무시한 머리를 어떻게든 피해 보려고 했지만 한발 늦었다. 유령의 머리는 엄청난 굉음과 함께 이카보드의 두개골을 정통으로 때렸다. 그는 그만 거꾸로 땅바닥에 처박히고 말았다. 곧이어 화약과 검은 말, 말을 탄 유령이 회오리바람처럼 그를 지나쳐 갔다.

이튿날 아침, 그 늙은 말은 안장도 없이 발밑에 고삐를 매달고 주인 집 문 앞에서 멀쩡히 풀을 뜯고 있었다. 아침 식사 시간이 되었지만 이카보드는 나타나지 않았다. 점심때도 마찬가지였다. 학교에 모인 아이들은 개울 둑에서 빈둥빈둥 놀고 있었지만 선생은 보이지 않았다. 한스 반 리퍼는 그제야 가엾은 이카보드와 자신의 안장의 운명에 대해 불안한 마음이 들기 시작했다.

수색이 시작되었고, 여기저기 부지런히 알아본 결과, 그가 남긴 흔적들이 발견되었다. 교회로 이어지는 길 한쪽에서 흙 속에 짓밟힌 안장을 찾아냈다. 그 길에는 맹렬한 속도로 달린 듯 말발굽 자국이 여기저기 움푹 패어 있고, 그 흔적은 다리까지 이어졌다. 다리 너머, 폭이 넓어 물이 깊고 시커멓게 흐르는 지점에 불운한 이카보드의 모자가 발견됐는데, 바로 옆에는 산산이 부서진 호박 하나가 보였다.

개울 곳곳을 수색했지만 선생의 시신은 발견되지 않았다. 한스 반 리퍼는 이카보드 유산의 집행자로서 그가 두고 간 소지품이 담긴 꾸러미를 샅샅이 살펴보았다. 특별한 날 입는 셔츠 두 벌, 목에 두르는 장식깃 두 개, 털양말 두 켤레, 낡은 코듀로이 반바지 한 벌, 녹슨 면도칼 하나, 책장 모서리가 잔뜩 접힌 찬송가 한 권, 그리고 고장 난 작은 피리 하나, 코튼 매더의 뉴잉글랜드 마법의 역사와 뉴잉글랜드 연감, 거기에 꿈 해몽이나 점을 치는 데 쓰는 책 한 권을 빼면 학교의 책과 가구는 모두 마을 재산이었다. 마지막 점성술 책에는 반 타셀가의 상속녀에게 바칠 시를 지어 보려고 여러 번 헛된 시도를 했는지, 잉크 얼룩에 끄적거린 글씨가 남아 있는 커다란 종이 한 장이 끼어 있었다. 한스 반 리퍼는 이러한 마법 책들과 휘갈겨 쓴 시들을 곧바로 불태웠고, 이러한 것들을 읽고 써 봐야 좋을 게 하나도 없을 줄 알았다면서 그때부터 자신의 아이들을 더는 학교에 보내지 않기로 했다. 가진 돈이 얼마였는지는 모르나, 석 달 치 급료를 받은 게 바로 하루 이틀 전이었고 자취를 감출 당시 그가 지니고 있었던 것만은 분명했다.

이 수수께끼 같은 사건은 주일날 교회에서 무수한 추측을 불러일으켰다. 교회 묘지와 다리, 그리고 모자와 호박이 발견된 자리에는 구경꾼들과 수다쟁이들이 몰려들었다. 브라우어 노인과 브롬의 이야기, 그리고 그 밖에 수많은 이야기들이 떠올려졌고, 이들은 이 모든 이야기들을 열심히 연구하고 현 사건의 이런저런 징후와 비교해 보고는, 고개를 내저으며 이카보드가 질주하는 헤센 기병에게 붙잡혀 갔다는 결론을 내렸다. 이카보드는 총각이었고 아무에게도 빚진 게 없었기 때문에 더 이상 그에 대해 걱정하는 이는 없었다. 학교는 골짜기의 다른 곳으로 옮겨졌고 새로운 선생이 그를 대신하여 군림했다.

그로부터 서너 해가 흐른 뒤 뉴욕을 찾았던 한 늙은 농부는 이카보드 크레인이 아직 살아 있다는 소식을 고향에 전했는데, 이 유령 모험담도 그 농부로부터 전해 들은 것이었다. 농부에 따르면 이카보드가 마을을 떠난 까닭은 유령과 한스 반 리퍼에 대한 두려움 때문이기도 하고, 상속녀에게 갑자기 퇴짜를 맞은 게 창피해서라고도 했다. 이후 그는 멀리 다른 고장에 가서 아이들을 가르치는 일과 법학 공부를 병행했고, 변호사 자격을 얻었으며, 정치인으로 변신했고, 선거 운동을 했으며, 신문에 글을 썼고, 마침내 소액 재판소의 판사가 되었다고 했다. 경쟁자가 사라지고 얼마 지나지 않아 아름다운 카트리나와 의기양양하게 결혼식을 올린 뼈다귀 브롬 역시 이카보드의 이야기가 나올 때마다 왠지 무언가 매우 잘 아는 듯한 인상을 주었는데, 특히 호박 이야기만 나오면 박장대소를 터뜨렸다. 때문에 혹시 아는 게 더 있으면서도 말을 아끼는 것은 아닌지 의심하는 사람도 있었다.

그러나 이러한 문제라면 누구보다 전문가라 할 나이 든 시골 아낙네들은 오늘날까지도 이카보드가 초자연적인 존재에게 잡혀갔다고 주장하고 있다. 이는 겨울날 저녁 난롯가에 모일 때면 단골로 등장하는, 인근에서는 가장 인기 있는 이야기가 되었다. 이후 그 다리는 그 어느 때보다도 일종의 미신적인 공포의 대상이 되었고, 아마도 그런 이유 때문인지 요 몇 해 사이, 다리를 대신해 물방아용 저수지를 따라 교회로 갈 수 있는 길이 새롭게 생겼다. 버려진 학교는 곧 썩어 갔고, 불행한 선생의 유령이 나타난다는 소문이 돌았다. 조용한 여름날 저녁에 한가로이 집으로 돌아가는 동네 사내아이들은 종종 멀리서 슬리피 할로우의 고요한 적막 사이로 왠지 구슬프게 찬송가를 부르는 선생의 목소리가 들리는 것 같은 착각에 빠지곤 했다.

워싱턴 어빙의 기이한 이야기

책 만드는
기술

The Art of
Book Making

"죽은 자들의 노고를 훔치는 것은

그들의 옷을 훔치는 것보다 더 큰 범죄다."라는

시네시우스의 엄중한 판결이 사실이라면

대부분의 작가들은 어떻게 될까?

– 로버트 버턴[1]의 《우울증의 해부》 중에서

나는 평소 어마어마하게 쏟아져 나오는 출판물을 보면 그저 놀랍기도 하고, 겉보기엔 조물주가 불모의 저주라도 내린 듯한 저 수많은 머릿속에 어쩌면 그토록 방대한 작품들이 가득할까 싶어 종종 신기한 마음이 들었다. 그러나 인간이 한평생을 살다 보면 경이로운 대상은 하루가 다르게 줄어들기 마련이다. 또 무언가 대단히 놀랍고 불가사의한 것 같은 일도 알고 보면 그 원인은 몹시 단순한 데 있음을 끊임없이 발견하게 된다. 그 한 예로, 내가 이 대도시 런던을 오랫동안 여행

---

1) 르네상스 시대의 작가로, 《우울증의 해부》(1621)를 통해 자신을 포함하여 책을 쓰는 모든 사람은 도둑이라고 주장했다.

하던 중 책 만드는 기술의 수수께끼에 얽힌 장면을 우연히 목격하게 되었고, 그 즉시 나의 신기함도 끝이 났다.

어느 여름날, 무더위 속에 박물관을 느긋하게 돌아다니는 사람들이 으레 그렇듯, 나 역시 노곤함을 느끼며 영국 박물관의 거대한 열람실을 어슬렁거리던 중이었다. 광물이 전시된 진열창에 나른하게 기대어 보기도 하고, 이집트 미라 위 상형 문자를 찬찬히 살펴보기도 하다가, 높은 천장에 그려진 우화적인 그림들의 의미를 이해해 보려 하기도 했는데 매번 별 소득은 없었다.

이렇게 빈둥거리며 여기저기 기웃거리는 사이, 나란히 이어진 전시실 끄트머리에 꽤 멀리 떨어져 있는 어떤 문에 관심이 생겼다. 어쩌다 한 번씩 문이 열리면, 대개 검은 복장을 한 수상한 사람들이 조용히 밖으로 나와 주변 전시품에는 신경도 쓰지 않고 전시실 사이로 사라졌다. 그 모습에는 게으른 나의 호기심을 자극하는 수수께끼 같은 분위기가 있었다. 그러므로 나는 저 좁은 문을 열고, 그 너머 미지의 공간을 탐험해 보기로 결심했다.

모험을 찾아 방랑하는 패기 넘치는 기사의 손에 마법의 성문이 쉽게 열리듯, 그 문은 내 손에 스르륵 열렸다. 어느새 난 사방이 고서들로 가득한 거대한 책장들로 빙 둘러싸인 넓은 방 안에 있었다. 책장 위, 처마 장식 바로 아래로는 성난 표정을 한 고대 저자들의 초상화가 여럿 보였다. 방에는 글을 읽고 쓰기 위한 긴 탁자가 있었다. 그곳에 창백한 얼굴의 학구적인 사람들이 자리를 잡고 앉아 잔뜩 먼지가 내려앉은 책들을 열심히 읽거나, 케케묵은 필사본을 이리저리 뒤적이기도 하고, 그 내용을 빼곡하게 적기도 했다. 이 신비로운 방에는 고요한 정적만이 흘렀고, 종이 위로 사각거리는 펜 소리와, 이따금 이 현자들 중 한 사람이 고서의 책장을 넘기다 자세를 바꾸며 내쉬는 깊은 한숨 소리만 들렸다. 이는 앞서서 연구만 하다 보니 생기는 공복감과 더부룩함 때문일 것이 분명했다.

이따금 이들 중 한 명이 쪽지에 무언가를 적고 종을 울리면, 심부름꾼이 나타나 엄숙하게 쪽지를 받아 들고 조용히 방을 나갔다가 얼마 뒤에 두꺼운 책을 한 아름 안고 돌아왔다. 그러면 쪽지를 전한 사람은 걸신들린 사람처럼 그 책들을 향해 죽을 둥 살 둥 달려들었다. 나는 이들이 신비학 연구에 몰두한 마기승[2] 무리라고 생각했다. 이들을 보고 있자니 일 년에 단 한 번만 열리는 깊은 산속, 마법에 걸린 도서관에 틀어박힌 한 도인에 관한 아라비아의 옛이야기가 문득 떠올랐다. 도인은 도서관 정령들에게 온갖 어둠의 지식을 가져오라 일렀다. 그리고 그해 말에 마법의 문이 다시 한 번 활짝 열리자, 금지된 지식에 정통하게 된 도인은 보통 사람들의 두뇌로는 따라잡을 수 없는 경지에 올라 자연의 힘마저 마음대로 다루었다고 한다.

이제 나의 호기심은 극에 달했다. 그리하여 막 방을 나가려는 심부름꾼을 붙잡고 눈앞의 신기한 장면을 설명해 달라고 간곡히 말했다. 그

---

2) 고대 조로아스터교의 승려들을 일컫는 말로, 일종의 마법사를 의미하기도 한다.

답은 두세 마디면 충분했다. 내가 마기승으로 오해한 이 수수께끼 같은 사람들은 알고 보니 주로 저자였고, 책을 만드는 중이었다. 실은, 내가 있는 곳이 다름 아닌 동서고금의 어마어마한 장서들을 보유한 영국 도서관 열람실이었다. 그중 많은 책이 이제는 잊힌 작품들인 데다, 대부분은 거의 읽지도 않은 책들이었다. 현대의 작가들이 구닥다리 책으로 가득한 이 외딴 웅덩이에 찾아가 고전 지식, 혹은 '순수하고 더럽혀지지 않은 영어[3]'를 양동이에 가득 길어다 자신들의 빈약한 생각의 실개천을 넘치게 하는 것이랄까.

이리하여 비밀을 손에 넣은 나는 구석에 앉아 책 만드는 과정을 구경했다. 이 중 마르고 괴팍해 보이는 사람이 눈에 띄었는데, 그는 검은 활자로 쓰인 유난히 좀이 많이 슨 책만 찾아 읽었다. 심오한 지식이 담긴 작품을 만들고 있는 게 분명했는데, 학구적으로 보이고 싶어 책을 서재의 잘 보이는 곳에 올려놓거나, 탁자 위에 펼쳐만 놓고 눈길 한번 주지 않을 자들이라면 누구라도 살 만한 그런 책이 아닐까 싶었다. 가만히 보고 있자니, 그는 가끔 주머니에서 커다란 빵 조각을 꺼내 오물오물 씹어 먹었다. 식사 대신인지, 혹은 무미건조한 연구에 너무 몰두해서 생긴 속 쓰림을 피하기 위한 노력이었는지는 나보다 더 열심히 공부하는 학도들의 판단에 맡기고자 한다.

---

3) 신약 성경 야고보서 1장 27절 '순수하고 더럽혀지지 않은 종교 행위(pure and undefiled religion)'와 영문학의 아버지로 일컬어지는 제프리 초서를 가리키는 말인 '더럽혀지지 않은 영어의 샘(the well of undefiled English)'에서 인용된 문구이다.

밝은색 옷을 입은 작고 말쑥한 신사가 있었는데, 잡담을 즐길 듯한 인상으로, 자기 책을 팔아 주는 서적상들과도 좋은 관계를 유지할 것 같은 분위기를 풍겼다. 유심히 지켜보니 그는 잡다한 일을 부지런히 처리 중이었는데, 그 모습이 이 분야와 잘 어울리는 듯했다. 나는 그가 자신의 작품을 어떻게 만들어 내는지 궁금해졌다. 그는 다른 저자들보다 어수선했고 사업적인 태도가 강했다. 여러 가지 책을 대충 띄엄띄엄 읽고는, 원고를 휘리릭 넘겨 가며 이 책에서 조금, 저 책에서 조금씩 갖다 붙였다. 다시 말해, 한 줄에 한 줄을 더하고, 격언에 격언을 더해 여기저기서 조금씩 가져다 쓰는 식이었다. 그가 완성한 책의 내용은 《맥베스》에 나오는 마녀의 가마솥에 들어가는 재료처럼 마구잡이로 뒤섞인 것 같았다. 여기에서 손가락 하나, 저기에서 엄지 하나를 가져다 넣고, 개구리 발가락과 발 없는 도마뱀의 독침을 섞어 만든 잡탕을 '걸쭉하고 맛있게' 만들겠다며 자기 자신의 잡담을 '개코원숭이의 피'처럼 마냥 들이붓는 식이었다.

그런데 이 좀도둑질 같은 기질이 작가들에게 뿌리내린 게 혹시 보다 현명한 목적으로 사용되기 위한 것은 아닐까 하는 생각이 들기도 했다. 태초의 작품들은 어쩔 수 없이 썩어 없어지더라도, 그 지식과 지혜의 씨앗은 대대로 보존되도록 보살펴 주려는 신의 섭리가 아닐지? 자연도 변덕스럽기는 하지만 현명한 방식으로, 새들의 모이주머니를 통해 방방곡곡 씨앗을 퍼뜨리지 않는가. 그리하여 본래 썩은 고기보다 나을 게 없고, 과수원과 옥수수밭을 무법자처럼 휘젓고 다니며 약탈을 일

삼는 짐승들도, 실은 자연의 축복을 사방으로 퍼뜨리고 불멸케 하는 자연의 운반자인 셈이다.

이처럼 한물간 고대 저자들의 뛰어난 작품들과 훌륭한 사상들도 이들 탐욕스러운 무리의 작가들이 물었다 다시 뱉어 냈기에 시공을 뛰어넘어 다시 번성하고 열매를 맺는 것이리라. 또한 그들 작품 중 많은 수는 일종의 윤회를 거쳐 새로운 형태로 싹튼다. 전에는 묵직한 역사였던 것이 로맨스 형태로 부활했으며, 고대의 전설은 현대 희극으로 바뀌고, 진지한 철학적 논문은 통통 튀는 흥미진진한 수필의 뼈대가 되기도 한다. 하여 이것은 우리나라 삼림의 개간지라 할 만하다. 중후한 소나무 숲이 타고 없어진 자리에는 작은 참나무들의 자손들이 솟아나기 시작하며, 우리 눈에는 보이지 않으나 썩어서 흙이 된 나무줄기는 어김없이 엄청난 균류를 탄생시키지 않던가.

그러니 고대의 작가들이 쇠하여 기억 저편으로 사라진다 해도 애통해하지 말자. 그들은 위대한 자연법칙에 복종한 것일 뿐. 자연법칙은 지구상의 모든 사물은 그 수명이 정해져 있다고 선언하고 있지만, 그 본질이 되는 요소는 절대 사라지지 않음을 천명하고 있다. 동물도 식물도 그 생은 영원하지 않지만, 본질만은 후대로 이어져 그 종족은 영원토록 번성해 나간다. 마찬가지로 작가는 작가를 낳으니, 수많은 자손을 만들어 내고 한 세월을 잘 살고 나면 그들의 선조, 다시 말해 그들보다 앞서간 저자들이자 도둑질을 당한 그분들 곁에 함께 잠이 드는 법이다.

이렇듯 두서없는 공상에 빠져 있는 사이, 나는 고귀한 책 더미에 머리를 기대고 있었다. 이 책들이 잠이 쏟아지게 만드는 무언가를 뿜어 냈는지, 혹은 열람실의 깊은 정적 탓인지, 아니면 너무 돌아다니다 보니 노곤해진 탓인지, 그도 아니면 때와 장소를 가리지 못하고 잠이 드는, 지독히도 나를 괴롭히는 흉한 습관 탓인지, 나는 그만 깜빡 잠이 들고 말았다. 그러나 나의 상상력은 잠들지 않고 분주하여, 내 마음의 눈앞에는 사소한 부분들만 조금 바뀐 채 아까와 똑같은 장면이 이어졌다. 꿈속에서 열람실은 여전히 옛 저자들의 초상화가 걸려 있었지만, 그 수는 늘어나 있었다. 긴 탁자는 사라졌고, 점잔 빼는 마기승들이 앉았던 자리에는 누더기를 걸친 무리가 보였는데, 마치 헌 옷의 집합소인 몬모스 가[4]를 돌아다니는 사람들을 보는 듯했다. 꿈속에서는 흔히 엉뚱한 일이 일어나기 마련인지라 그들이 책 한 권을 와락 움켜쥘 때마다 눈 깜짝할 사이에 이국적이거나 고풍스러운 스타일의 옷으로 변했는데, 그들은 그렇게 얻은 옷으로 자신의 몸을 치장했다. 그런데 가만 보니 특정한 옷 한 벌을 통째로 입으려는 사람은 없었다. 여기서 소매 하나, 저기서 망토 하나, 또 다른 곳에서 치마 한 벌, 이렇게 되는 대로 끼워 맞추듯 치장을 해서, 빌려 입은 화려한 옷 사이로 원래 입고 있던 누더기가 삐죽삐죽 엿보이곤 했다.

크고 퉁퉁한 몸에, 얼굴이 발그레하며, 잘 먹어 살이 찐 한 성직자는 외알 안경 너머로 좀이 슨 논증적 신학서 서너 권을 흘깃거리며 군

---

4) 런던의 몬모스 가는 현재 쇼핑가로 유명하지만, 1836년 찰스 디킨스는 《보즈의 소묘집》에서 헌옷 판매의 중심지로 묘사했다.

침을 흘렸다. 그러다 순식간에 옛 성직자 한 명의 큼직한 망토를 낚아채 걸치는가 싶더니, 곧이어 다른 성직자의 희끗희끗한 턱수염을 훔쳐 달고는 자못 현명한 척 허세를 부렸다. 그러나 히죽거리는 얼굴에서 본디 대단하지 않은 사람임이 고스란히 드러나는 바람에 현명해 보이려고 부린 온갖 수완이 수포로 돌아가고 말았다. 한 허약해 보이는 신사는 엘리자베스 여왕 시대의 낡은 궁중복 서너 벌에서 뽑아낸 금실로 얇디얇은 옷에 수를 놓느라 바빴다. 또 다른 이는 채색된 원고로 화려하게 치장한 뒤 '유려한 명구의 낙원[5]'에서 골라 뽑은 꽃다발을 가슴에 꽂고, 필립 시드니 경[6]의 모자를 한쪽에 걸쳐 쓴 채 천박한 우아함을 풍기며 으스대고 다녔다. 세 번째 신사는 몸집이 작고 볼품이 없었는데, 여러 가지 난해한 철학적 글들에서 취한 약탈품들로 부족한 부분을 한껏 채워 매우 당당한 앞모습을 완성하긴 했다. 그러나 뒷모습은 애처로울 정도로 남루했고, 어느 라틴어 저자의 양피지 조각들로 군데군데 기워져 있었다.

　물론 보석 한두 점만으로 꾸민 훌륭한 차림의 신사들도 있었는데, 덕분에 원래 하고 있던 장신구를 가리지 않은 채 그 사이에서 보석들이 반짝반짝 빛났다. 몇몇 다른 이들 역시 옛 작가들의 의상을 심사숙고하여 바라보았는데, 이는 그저 그 작가들의 남다른 안목을 흡수하고,

---

5) 영국의 시인이자 극작가, 작곡가인 리처드 에드워즈(Richard Edwards)가 1576년에 지은 시이다.
6) 영국 엘리자베스 여왕 시대의 시인이자 평론가로, 고상한 신사로 유명했다.

그들의 태도와 정신을 알아내려는 듯했다. 그러나 앞서 말했듯이, 너무도 많은 이들이 머리부터 발끝까지 쪽모이하듯 조각조각 따다가 자신들을 치장하는 게 안타까웠다. 그중에서도 칙칙한 황갈색 반바지와 각반[7] 차림에, 시골스러운 모자를 쓴 한 천재의 이야기를 빼놓을 수가 없다. 그는 소박한 삶을 몹시 지향하면서도, 실제로 시골이라며 다녀 본 곳이라고는 누구나 즐겨 찾는 앵초의 언덕이나 리전트 파크[8] 내 한적한 곳이 다였다. 그는 옛 목가 시인들을 다 쫓아다니며 얻어 낸 화환과 리본으로 치장하고 한쪽으로 고개를 숙인 채 비현실적이고도 감상적인 분위기에 취해 '푸른 들판에 대해 주절거리며[9]' 돌아다녔다.

누구보다 나의 관심을 끈 자는 성직자복 차림의 거만한 노신사로, 머리가 유난히 크고 네모난 대머리였다. 그는 숨을 거칠게 내쉬며 열람실로 들어와 자신감 넘치는 눈빛으로 사람들을 밀어젖히며 활보하더니, 그리스어로 쓰인 두툼한 4절판 책을 집어 머리에 탁 얹었고, 곧이어 어마어마한 곱슬머리 가발을 쓴 채 위풍당당하게 자리를 떴다.

이 문학적 가면무도회가 한창 절정에 올랐을 때, 별안간 사방에서 "도둑이야! 도둑이야!" 하는 외침이 울려 퍼졌다. 이런 일이! 벽에 걸린 초상화들이 살아서 움직이기 시작하는 게 아닌가! 옛 저자들이 화폭을 찢고 나오는데 처음에는 머리가, 그다음에는 어깨가 나온 뒤 잡다한 무

---

7) 신발과 바지 밑단을 감싸는 보호 장구이다.
8) 런던 북서부에 있는 공원으로 북쪽에 앵초의 언덕이 있다.
9) 셰익스피어의 《헨리 5세》 2막 3장에서 인용한 말이다.

리들을 호기심 어린 얼굴로 내려다보는가 싶더니, 이내 노기가 등등한 눈으로 내려와 도둑질 맞은 물건들을 어서 내놓으라 주장했다. 허둥지둥 달아나느라 뒤이어 벌어진 요란한 북새통은 글로는 다 표현할 수 없을 정도였다. 운수 나쁜 도둑들은 약탈품을 챙겨 어떻게든 달아나려고 했으나 헛수고였다. 한쪽에선 옛 수도승 여섯이 달려들어 현대 수도사 한 명의 옷을 벗기는 장면이 보였다. 다른 한쪽에서는 현대 극작가들이 무지막지한 공격에 비참하게 당하고 있었다. 보몬트와 플레처[10]가 카스토르와 폴룩스[11]처럼 나란히 격분하여 돌아다녔고, 건장한 벤 존슨[12]은 플랑드르에서 의용병으로 참전했을 때보다도 더 경탄할 만한 장면을 만들어 냈다. 앞서 어느 즈음엔가 언급했던 잡동사니를 짜 맞춰 입은 말쑥한 작은 신사는 어릿광대처럼 온갖 형형색색의 조각들로 온몸을 치장한 터라, 소유권을 두고 치열한 논쟁이 있었으니, 이는 파트로클로스[13]의 시신을 두고 벌어진 싸움에 버금갈 정도였다. 그간 경외심과 숭배하는 마음으로 우러러보기만 했던 그 많은 사람이 누더기 한 조각으로 간신히 알몸을 가리고 줄행랑을 놓는 모습은 보기에도 안쓰러웠다. 바로 그때 아까 희끗희끗한 그리스식 가발을 쓰고 사라졌던 거만

10) 프랜시스 보몬트(1584~1616)와 존 플레처(1579~1625)는 영국의 극작가로, 많은 합작품을 남겼다.
11) 제우스와 레다 사이에서 태어난 쌍둥이 형제로, 뱃사람의 수호신이기도 하다.
12) 17세기 영국의 극작가·시인·비평가로, 윌리엄 셰익스피어와 동시대에 활약한 문인이다.
13) 트로이 전쟁의 영웅으로, 헥토르에게 살해당했으나 친구인 아킬레스가 그 원수를 갚았다.

한 노신사가 눈에 들어왔다. 그는 작가 열 명이 고래고래 소리를 지르며 우르르 쫓아오자 공포에 질려 허둥지둥 달아나느라 제정신이 아니었다. 그 뒤를 바짝 쫓아온 작가들은 눈 깜짝할 사이에 가발을 벗겨 냈고, 노신사는 움직일 때마다 옷가지가 하나씩 벗겨졌다. 그는 얼마 지나지 않아 위풍당당하던 모습은 사라지고, 가쁜 숨을 몰아쉬는 작고 '비실비실한 대머리 소총병[14]'이 되어 가까스로 남은 누더기 몇 조각만 펄럭이며 그 자리를 빠져나갔다.

나는 이 박식한 테베[15]인들의 비극적 결말이 너무도 우스꽝스러워서 터무니없이 커다란 웃음을 터뜨리고 말았다. 그러는 바람에 모든 환상에서 깨어났다. 온갖 소동도 옥신각신하던 실랑이도 끝났다. 열람실은 평소의 모습을 되찾았다. 옛 저자들은 도로 액자 속으로 들어가 벽마다 아련한 근엄함을 드리우고 있었다.

간단히 말하자면, 구석진 자리에서 졸다가 잠이 확 깨고 보니 책벌레들이 모두 깜짝 놀라 나를 뚫어지게 바라보고 있지 않은가. 내가 목격한 장면은 다 꿈이었다. 그러나 이 무덤처럼 성스러운 곳에서는 단 한 번도 들린 적 없는, 현자들의 귀에는 불쾌하기 이를 데 없어 이들 작가 무리를 흠칫 놀라게 한 나의 웃음소리만은 진짜였다.

그때 사서가 나에게 다가와 출입증을 요구했다. 처음에는 무슨 말

14) 셰익스피어의 희곡, 《헨리 4세》에 인용된 말이다. -오 언제든 작고, 깡마르고, 늙고 비실비실한 소총병을 데려오세요.
15) 고대 그리스의 도시 국가로 기원전 371년 스파르타를 무찌르고 그리스의 패권을 장악했으나 기원전 335년 알렉산더 대왕에 의해 멸망했다.

인지 몰랐으나, 이 열람실은 수렵법의 적용을 받는 일종의 문학적 '수렵 금지 구역'이었다. 특별한 허가증이나 승인 없이는 아무나 들어와서 사냥을 할 수 없는 곳이었다. 한마디로 나는 밀렵꾼으로 몰리게 되었는데, 행여 작가들이 나에게 떼로 달려들까 봐 두려워서 마음속으로 은근히 기뻐하며 그 자리를 후다닥 빠져나왔다.

워싱턴 어빙의 기이한 이야기

유령 신랑

The Spectre Bridegroom

그 만찬은 그를 위해 준비되었건만,

오늘 밤 그는 차갑게 누워 있으리!

어젯밤은 내가 그를 방으로 이끌었건만,

이 밤엔 그레이스틸 경이 그의 잠자리를 준비했네!

- 〈에거 경과 그레이엄 경, 그리고 그레이스틸 경〉[1]

마인강과 라인강이 만나는 지점에서 그리 멀지 않은, 남부 독일의 황량하고도 낭만적인 지대인 오덴발트의 여러 고지 중 한 정상에는 아주 오래전부터 폰 랜드쇼트 남작의 성이 자리를 잡고 있었다. 이제는 매우 낡고 쇠잔하여 너도밤나무와 음침한 전나무들에 파묻힐 지경이지만, 성 위의 낡은 망루는 마치 성의 주인처럼 여전히 고개를 꼿꼿이 들고 이웃한 고장을 내려다보려 안간힘을 쓰는 것처럼 보인

---

1) 《초기 운문집(Early Metrical Tales)》에 수록된 이야기로, 원제는 〈The History of Sir Eger, Sir Grahame, and Sir Gray-Steel〉이다. 천하무적으로 불리는 기사 그레이스틸 경에 맞서는 두 기사, 에거 경과 그레이엄 경의 이야기를 다루고 있다.

다.

남작은 위대한 카첸엘렌보겐* 가문에서 갈라져 나와 단절된 분파의 후손으로, 선조들로부터 유산과 함께 자존심까지 모두 물려받았다. 호전적인 선조들 탓에 이미 많은 재산이 탕진된 상태나, 남작은 얼마간 허세 섞인 모습으로 옛날과 다름없음을 과시하고자 했다. 평화로운 시기였고, 독일 귀족들은 대개 산 사이사이 독수리 둥지처럼 자리한 낡고 불편한 성을 버리고 골짜기에 보다 살기 편한 저택을 짓고 살았다. 그러나 남작은 오랜 가문의 불화가 빚어낸 뿌리 깊은 원한을 그대로 품은 채 자신만의 작은 요새를 도도하게 지키며 살았다. 그러다 보니 남작은 고조부들 사이에서 일어났던 해묵은 다툼을 이유로, 가장 가까운 몇몇 이웃들과도 원수처럼 지냈다.

남작에게는 자식이 딸 하나뿐이었다. 하지만 조물주는 한 명의 자식만 허락할 때면 그에게 남다른 비범함을 주어 그 아쉬움을 달래 주기 마련이었고, 남작의 외동딸도 그러했다. 유모와 수다쟁이들, 그리고 고장의 친척들은 온 나라를 통틀어 그 외동딸과 미모를 견줄 이는 없다며 입을 모았으니, 자고로 그런 일엔 이들만 한 전문가도 없는 법이 아니던가? 더구나 그녀는 두 독신 고모의 감독을 받으며 누구보다 귀하게 자랐다. 고모들은 어린 시절을 독일의 한 작은 궁전에서 보내서 훌륭한

---

* '고양이의 팔꿈치'라는 뜻으로, 옛날에는 매우 영향력이 컸던 그 지역 어느 가문의 이름이다. 팔이 아름답기로 유명했던, 그 가문의 비할 데 없이 뛰어난 한 여성에게 경의를 표하며 주어진 명칭이라고들 한다.

숙녀를 키워 내는 데 필요한 지식은 분야를 가리지 않고 능숙했다. 그녀는 이러한 가르침 아래서 기적 같은 성취를 이루었다. 열여덟 살 무렵에는 훌륭한 자수 실력을 뽐내며 태피스트리²⁾에 성인들의 발자취를 모두 담아냈는데, 그들의 표정이 얼마나 살아 있는지 마치 연옥³⁾ 속 무수한 영혼을 보는 듯했다. 그녀는 글을 술술 읽었고, 몇몇 교회의 전설들과 영웅 서사시집에 나오는 경이로운 기사들의 이야기도 거의 다 읽었다. 심지어 글씨를 쓰는 솜씨도 빼어나서 서명을 할 때는 글자 하나 빠뜨리지 않았을뿐더러, 알아보기 쉽게 잘 쓴 덕분에 고모들은 안경 없이도 술술 읽을 수 있었다. 손재주도 좋아서 귀부인에게 어울리는 온갖 장신구 같은, 고상하면서도 잡다한 물건을 뚝딱 만들었다. 그 시절 난해하기로 이름난 춤에도 조예가 깊었고, 하프와 기타로 수많은 곡을 연주했으며, 민넬리더⁴⁾에 나오는 부드러운 민요까지 빠짐없이 외우고 있었다.

역시 젊은 시절 대단한 바람둥이에 요부였던 두 고모는 조카에게 있어 한 치의 흐트러짐 없는 보호자이자, 모든 행동의 엄격한 검열자로 손색이 없었다. 완고하리만치 신중하고, 가차 없을 정도로 품행이 바르기로는 한물간 요부만 한 가정 교사가 없기 때문이다. 그녀가 고모들의 시야를 벗어난다는 것은 상상도 할 수 없는 일이었다. 시중드는 이들이

2) 여러 가지 색실로 그림을 짜 넣은 직물이다.
3) 가톨릭 용어로, 죽은 사람의 영혼이 천국에 들어가기 전에 남은 죄를 씻기 위해 불로 단련받는 곳이다.
4) 중세 기사들이 읊은 서정시이다.

여럿이거나, 아니, 보다 정확히 말해서 감시인이 따라붙은 경우가 아니면 홀로 성 밖으로 나가는 일은 결코 없었다. 엄격한 예의범절과 무조건적인 순종에 대한 훈계가 끊이지 않았으며, 남자에 관해서는, 하! 워낙 남자들을 가까이하면 안 된다, 남자는 절대 믿을 만한 존재가 아니라는 가르침을 받은지라, 정식으로 허락을 받은 경우가 아니라면 세상에서 가장 잘생긴 기사가 와도 눈길 한번 주지 않았을 터였다. 설령 그가 발치에서 죽어 가고 있다 하더라도 말이다.

이러한 체계적인 방법은 확실히 놀라운 효과를 거두었다. 그녀는 온유함과 단정함의 귀감이 되는 존재였다. 다른 숙녀들은 화려하게만 보이는 세상 속에서 자신의 아름다움을 헛되이 하고, 아무에게나 뽑혀 내던져지기 쉬웠다. 하지만 그녀는 마치 수호자 가시들 사이에서 붉게 달아오른 한 송이 장미처럼, 나무랄 데 없이 완벽한 고모들의 보호 아래에서 생기 넘치고 사랑스러운 여성으로 수줍게 피어나고 있었다. 고모들은 매우 흡족해하며 뿌듯한 마음으로 그녀를 바라보았고, 세상 모든 여자들이 타락할지라도, 하늘에 감사하게도 카첸엘렌보겐 가문의 상속녀에게는 결코 일어날 수 없는 일이라며 큰소리쳤다.

폰 랜드쇼트 남작이 자식은 하나뿐일지 모르나 딸린 식구들은 결코 적지 않았다. 조물주가 남작에게 가난한 친척들을 넘쳐 나도록 베푼 덕분이었다. 변변치 못한 친척들이 으레 그렇듯 하나같이 살가운 성격을 지닌지라, 남작에게 딱 붙어서 기회만 되면 우르르 몰려와 성에 활기를 불어넣었다.

가족의 모든 경사는 친척들과 함께 즐기며 축하했고, 그 비용은 모두 남작이 지불했다. 그러다 진수성찬으로 한껏 배를 채우고 나면, 이렇게 가족들이 모여 진심으로 서로를 축하해 주는 잔치만큼 즐거운 일은 없다며 단언했다.

남작은 몸집은 작으나 도량이 넓은 사람이었고, 자신을 에워싼 작은 세상에서만큼은 자기가 최고라는 생각에 의기양양했다. 남작은 강인한 늙은 전사들의 길고 긴 이야기를 즐겨 들려주었는데, 그들은 벽마다 내걸려 험악한 얼굴로 내려다보는 초상화 속 주인공들이기도 했다. 그럴 때면 남작의 돈으로 먹고사는 친척들은 그 누구보다 열렬히 귀를 기울였다. 남작은 독일의 모든 산과 골짜기에서 전해지는 온갖 초자연적인 이야기들에 흠뻑 빠져 있었으며, 이를 굳게 믿었다. 찾아온 손님들 역시 그 믿음만큼은 남작에 지지 않았다. 그들은 불가사의한 이야기를 들을 때마다 휘둥그레한 눈으로 입을 쩍 벌렸으며, 수백 번을 되풀이해 들어도 그때마다 놀라움을 금치 못했다. 그리하여 폰 랜드쇼트 남작은 식탁에서는 현인군자이자 자신의 작은 영토에서는 절대 군주였다. 무엇보다도 그는 당대에 자기보다 현명한 이는 없다는 확신 속에서 행복하게 살았다.

당시 성에서는 매우 중대한 일로 성대한 가족 모임이 벌어지고 있었다. 바로 남작의 하나뿐인 딸의 예비 신랑을 맞이하기 위한 잔치였다. 남작과 바이에른의 한 연로한 귀족이 그간 상의를 거쳐, 자녀들 간의 혼인을 통해 두 집안의 위엄을 하나로 합치기로 했다. 준비 절차는

격식에 맞춰 차질 없이 이루어졌다. 두 젊은 남녀는 서로 얼굴을 보지 않고 약혼을 했고, 혼인 날짜가 정해졌다. 젊은 폰 알텐부르크 백작은 이 때문에 군에서 소환되어 신부를 맞기 위해 남작의 성으로 가는 길이었다. 그런데 뜻하지 않게 뷔르츠부르크에서 지체하게 되자, 몇 날 몇 시경에 도착하겠다는 서신을 남작에게 미리 보냈다.

한편 남작의 성은 신랑에게 걸맞은 대접을 하기 위한 준비로 떠들썩했다. 아름다운 신부는 이미 그 어느 때보다 정성을 다해 치장을 끝마쳤다. 두 고모가 신부의 몸단장을 감독했고, 오전 내내 드레스의 사소한 부분들을 두고 입씨름이 벌어졌다. 신부는 자신의 취향에 맞추기 위해 두 고모의 다툼을 이용했고, 다행히 그것은 좋은 결과를 낳았다. 신부는 젊은 신랑의 눈에 차고 넘칠 정도로 아름답게 보였고, 기대감으로 인한 두근거림은 신부가 지닌 매력을 한층 드높여 주었다.

얼굴과 목을 뒤덮은 홍조, 가만가만 들썩이는 가슴, 이따금 공상에 잠기는 눈까지, 그 모두가 신부의 작은 가슴속에서 일어나고 있는 가벼운 동요를 무심코 드러내었다. 두 고모는 신부의 곁을 떠날 줄을 몰랐는데, 미혼의 처지에선 이러한 일에 관심이 크기 마련이었다. 두 사람은 예의 바르게 처신하는 법, 해야 할 말, 그리고 예비 신랑을 맞이하는 태도를 두고 연신 고리타분한 조언을 했다.

남작도 분주하기는 마찬가지였다. 사실 남작은 딱히 할 일이 없었다. 그러나 천성적으로 가만히 있지 못하고 부산스러운 데다, 온 세상이 바삐 돌아가는데 팔짱 끼고 구경만 하지는 못하는 성격이었다. 남작은 괜히 이 구석 저 구석 참견하고 다니며 끝없이 잔소리를 늘어놓았다. 일하는 하인들을 자꾸만 불러내 꾸물대지 말라며 주의를 줬고, 마치 더운 여름날 금파리처럼 가만히 있지 못하고 연회장과 방을 쏘다니며 성가시게 굴었다.

그러는 사이 살찐 송아지가 잡히고, 숲속은 사냥꾼들의 외침으로 떠들썩했다. 주방은 진수성찬으로 발 디딜 틈이 없었다. 지하실에 보관해 둔 어마어마한 양의 와인을 모조리 내온 것도 모자라 거대한 하이델베르크 술통[5]까지 동원되었다. 귀한 손님을 맞기 위한 모든 준비가 진정한 독일식 환대의 마음을 담아 요란하고도 호화롭게 마무리되었다. 그런데 정작 손님은 여태 모습을 드러내지 않았다. 한 시간이 흐르고 또 한 시간이 흘렀다. 오덴발트의 풍요로운 숲을 쨍쨍 내리비추던 태양도 이제는 산 정상을 따라 희미하게 빛날 따름이었다. 남작은 멀리나마 백작과 그 시종들이 보일까 싶어 성의 가장 높은 탑에 올라 눈을 찡그렸다. 한번은 드디어 왔구나 싶었다. 골짜기에서 뿔피리 소리가 흘러나와 메아리를 타고 이어졌다. 까마득히 아래에서 말을 탄 남자 여럿이 길을 따라 천천히 다가오는 모습이 눈에 들어왔다. 그런데 산기슭까지 다 왔나 싶을 즈음, 갑자기 다른 쪽으로 방향을 트는 게 아닌가. 마지막 햇살마저 자취를 감추자, 해거름에 박쥐들이 휙휙 날아다니기 시작하고, 길은 갈수록 어둑어둑해졌지만 움직이는 거라곤 눈을 씻고 봐도 보

---

5) 하이델베르크 성 지하에 있는 세계에서 가장 큰 술통이다.

이지 않았다. 일을 마치고 뒤늦게 집으로 향하는 농부들만 간간이 눈에 띌 뿐이었다.

랜드쇼트 남작의 낡은 성이 이렇게 당황스러운 상태에 놓인 사이, 오덴발트의 다른 지역에서는 매우 흥미로운 일이 벌어지고 있었다.

젊은 폰 알텐부르크 백작은 평온하게 길을 가고 있었다. 친척들이 모든 수고를 아끼지 않은 덕분에 구혼이라는 불확실한 문제에 대한 걱정이 없었다. 여정의 끝에는 저녁 식사만큼이나 확실하게 자신을 기다리고 있는 신부가 있었기에 혼인을 향해 가는 걸음은 침착하고 여유로웠다. 백작은 뷔르츠부르크에서 한 전우를 만났는데, 국경에서 함께 복무했던 헤르멘 폰 스타르켄파우스트라는 젊은이였다. 독일 기사단에서 제일 용맹하고 훌륭하기로 손꼽히는 인물로, 당시 군에서 집으로 돌아가는 중이었다. 아버지의 성은 랜드쇼트 남작의 낡은 성에서 그리 멀지 않았지만, 두 가문 간의 해묵은 불화로 원수처럼 지내는 탓에 서로 얼굴도 모르는 사이였다.

두 젊은 친구는 서로를 반갑게 알아보고는 지난 모험담과 이런저런 전쟁담을 주고받았다. 백작은 자신이 한 숙녀와 정혼하게 되었는데 한 번도 본 적은 없으나 그 매력만큼은 대단하다 들었다며, 그 사연을 시시콜콜 들려주기도 했다.

가는 방향이 같아서 두 사람은 나머지 여정을 함께하기로 했다. 두 사람은 보다 여유롭게 길을 가기 위해 뷔르츠부르크에서 조금 이른 시간에 길을 나섰으며, 시종들에게는 뒤따라 출발하여 나중에 만나자 일러두었다.

그들은 군 생활과 그간의 이런저런 모험을 회상하며 여정의 고달픔을 달랬다. 때때로 백작은 소문이 자자한 신부의 매력과 자신을 기다리고 있는 더할 나위 없는 행복에 대해 다소 장황하게 이야기를 늘어놓기도 했다.

이런 식으로 두 사람은 오덴발트 산지로 들어섰고, 그중에서도 가장 인적이 드물고 나무가 울창한 산길을 가로지르는 중이었다. 독일의 숲은 성에 수시로 출몰하는 유령들 못지않게 밤낮을 가리지 않고 산적이 들끓기로 유명했다. 그리고 당시는 해산한 병사들이 떼를 지어 온 나라를 떠돌아다니던 때라 그 수가 더더욱 많았다. 그렇다 보니, 숲 한가운데서 두 기사가 이들 부랑자들의 공격을 받은 일은 그다지 특별한 일은 아니었다. 두 사람은 용감하게 맞섰으나, 뒤따라온 백작의 시종들이 도우려 했을 때는 위기일발의 상황이었다. 도적 떼는 시종들을 보고 줄행랑을 쳤지만 백작은 이미 치명상을 입은 뒤였다. 백작은 천천히 조심스럽게 다시 뷔르츠부르크로 이송되었고, 인근 수도회에서 한 수도사가 불려 왔다. 그는 몸과 마음 모두를 치료하는 기술이 뛰어나기로 유명했다. 그러나 그 솜씨의 절반은 아무런 실속도 없었기에 안타깝게도 불행한 백작의 마지막 순간이 다가오고 있었다.

숨을 거두면서 백작은 친구에게 당장 랜드쇼트 남작의 성으로 달려가 신부와의 약속을 지키지 못하는 운명적인 이유를 전해 달라고 간청했다. 열렬한 연인 사이는 아니었으나 그는 지극히 예의를 중시하는 남

자였고, 자신이 약속한 바를 신속하고 정중하게 지켜야만 한다고 진심으로 걱정하는 것 같았다.

"이 일이 마무리되지 않으면 나는 고이 잠들지 못할 걸세."

백작이 말했다. 그는 이 마지막 유언을 특별히 엄숙하게 되풀이했다. 순간, 너무도 감동적인 부탁인지라 친구는 주저 없이 받아들였다. 스타르켄파우스트는 백작을 차분히 달래며, 친구의 소원을 성심껏 지키겠다는 약속과 함께 손을 내밀어 엄숙하게 서약했다. 죽어 가던 친구는 감사의 뜻으로 그 손을 꼭 쥐었지만 이내 정신이 혼미해져 자신의 신부와 혼인 서약에 대해 횡설수설했다. 그러더니 랜드쇼트 남작의 성으로 가야겠다며 말을 대령시키고는 안장에 올라타는 시늉을 하다 그만 세상을 떠나고 말았다.

스타르켄파우스트는 한숨을 내쉬고 때아닌 전우의 운명에 용사의 눈물을 흘리고는 자신이 동의한 난처한 임무에 대해 곰곰이 생각했다. 마음은 무거웠고 머리는 혼란스러웠다. 원수로 지내는 사람들 앞에 초대받지 않은 손님이 나타나 그들의 희망을 짓밟는 치명적인 소식으로 흥겨운 잔치에 찬물을 끼얹는 일이 아니던가. 그러나 마음 한편에서는 세상으로부터 비밀스럽게 차단된, 그 유명한 카첸엘렌보겐 가문의 미인을 보고 싶은 호기심이 일었다. 그는 여성을 열렬히 흠모하는 데다, 약간 유별나면서도 대담한 면이 있어서 특이한 모험이라면 가리지 않고 좋아하는 편이었다.

출발을 앞두고 그는 수도회의 수도사들과 함께 친구의 장례 절차에 필요한 모든 준비를 마쳤다. 백작은 뷔르츠부르크의 성당 안에서 자신의 유명한 친척들 곁에 묻힐 예정이었고, 남은 일은 슬픔에 빠진 백작의 시종들이 맡기로 했다.

이제 손님, 아니 그보다는 만찬을 초조하게 기다리는 오랜 카첸엘렌보겐 가문 사람들, 그리고 망루에서 찬바람을 맞고 있을 존경스러운 작은 남작의 이야기로 되돌아가야 할 때가 되었다.

밤이 닥쳤지만 손님은 아직 오지 않았다. 남작은 낙담하여 망루에서 내려왔다. 한 시간에서 또 한 시간, 계속해서 지체된 연회를 더는 미룰 수가 없었다. 고기는 이미 너무 삶아졌고, 요리사는 괴로워 어쩔 줄 몰랐으며, 온 집안사람들은 굶주림에 항복한 주둔군과도 같은 표정이었다. 남작은 마지못해 손님 없이 잔치를 열라는 지시를 내렸다. 모두 식탁에 앉아 막 연회를 시작하려는 순간, 낯선 이의 접근을 알리는 뿔피리 소리가 울렸다. 다시 한 번 긴 뿔피리 소리가 메아리를 타고 낡은 성안을 가득 채웠고, 성벽의 파수병들이 응답하는 소리가 이어졌다. 남작은 예비 사위를 맞이하기 위해 서둘러 움직였다.

도개교가 내려졌고, 성문 앞에 이방인이 있었다. 키가 크고 용맹스러운 사내로 검은 말을 타고 있었다. 얼굴은 창백했지만 신비롭고 빛나는 눈을 지녔으며 위풍당당하면서도 구슬픈 분위기를 풍겼다. 남작은 그가 거느리는 사람 하나 없이 홀로 찾아왔다는 사실에 약간 굴욕감을 느꼈다. 순간 자존심이 상했고, 중요한 의식과 앞으로 한 가족이 될 중요한 식구들에게 당연히 갖춰야 할 예의가 부족하다는 생각이 들었다.

그러나 남작은 그가 젊은이다운 성급함으로 시종들보다 한발 앞서서 말에 박차를 가해 달려온 게 틀림없다는 결론을 내리고 화를 누그러뜨렸다.

이방인이 입을 뗐다.

"죄송합니다. 이렇게 예고 없이 불쑥 나타나서……."

그때 남작이 찬사와 함께 환영의 말을 쏟아 내며 그의 말을 가로막았고, 그러면서 자신의 관대함과 말재주를 과시했다. 이방인은 홍수처럼 쏟아지는 남작의 말을 한두 번 어떻게든 막아 세우려 했으나 허사였고, 하는 수 없이 고개를 숙이고 계속 듣고만 있었다. 드디어 남작이 말을 그칠 즈음 두 사람은 성의 중정에 다다라 있었다. 이방인이 다시 말문을 열려는 찰나, 이번에는 집안의 여자들이 나타나 그를 수줍어 얼굴이 붉어진 신부 앞으로 이끌었다. 순간 그는 그녀를 넋을 잃고 바라보았다. 그녀를 바라보고 있자니 마치 자신의 온 영혼이 빛을 발하며 쏟아져 나와 사랑스러운 그녀에게 닿는 듯했다. 한 고모가 신부의 귀에 대고 무어라 소곤거렸다. 신부는 무슨 말을 하려고 했다. 신부가 촉촉한 푸른 눈을 살며시 치켜뜨며 궁금한 마음에 그를 향해 수줍은 시선을 던지고는 이내 바닥으로 눈길을 돌렸다. 하려던 말은 나오지 않았지만, 신부의 입가엔 감미로운 미소가 감돌았고 뺨에 살짝 팬 보조개는 언뜻 보았음에도 그가 마음에 드는 듯했다. 열여덟이라는 애정이 충만한 나이, 사랑과 결혼에 한창 예민한 처녀가 그토록 멋진 기사를 보고 좋아하지 않는다는 것은 불가능한 일이었다.

손님이 도착한 시간이 워낙 늦은지라 자세한 이야기를 나눌 시간이 없었다. 남작은 남은 이야기는 아침으로 미루라고 단호히 말하고는 아직 입에 대지도 못한 성찬이 있는 곳으로 앞장섰다.

만찬은 성의 대연회장에 차려졌다. 벽마다 카첸엘렌보겐 가문을 빛낸 영웅들의 초상화와 전쟁터와 사냥터에서 획득한 전리품과 전승 기념품들이 자랑스럽게 걸려 있었다. 도끼 자국이 남은 갑옷, 깨진 마상 시합용 창, 누더기가 된 깃발이 사냥터에서 획득한 기념품들 사이에 뒤섞여 있었고, 늑대의 턱과 멧돼지의 엄니가 석궁과 거대한 도끼 사이에서 무시무시하게 웃음 지었다. 젊은 신랑의 머리 바로 위로는 가지 모양으로 갈라진 거대한 사슴뿔 한 쌍이 그 위용을 뽐냈다.

기사는 함께 있는 사람들이나 흥겨운 분위기에는 거의 관심이 없었다. 차려진 음식도 입에 대는 둥 마는 둥 하는 것이, 신부를 감탄하며 바라보느라 정신이 팔린 눈치였다. 그는 엿들을 수 없는 낮은 어조로 이야기를 건넸다. 사랑의 언어는 결코 클 필요가 없는 법. 제아무리 둔한 여인네라 하여도 부드럽기 이를 데 없는 연인의 속삭임을 듣지 못할 귀가 세상 어디에 있을까? 다정하면서도 진지한 그의 태도에 신부는 깊은 인상을 받은 것처럼 보였다. 신부는 발그스름한 얼굴로 열심히 귀를 기울였다. 얼굴을 붉히며 간간이 답을 하기도 했고, 어쩌다 그가 다른 곳으로 눈길을 돌리면 그의 아름다운 얼굴을 흘끗 훔쳐보며 부드럽게 행복의 한숨을 내쉬었다. 젊은 남녀는 서로에게 완전히 반한 게 분명했다. 수수께끼 같은 마음을 꿰뚫는 데 정통한 고모들은 두 사람이 첫눈에 사랑에 빠졌다고 단언했다.

연회는 즐겁게, 적어도 시끌벅적하게 이어졌다. 참석한 손님들 모두 가벼운 지갑에 상쾌한 산속의 공기를 마시며 왕성한 식욕을 자랑한 덕분이었다. 남작은 이제껏 들려주었던 이야기 중에서 가장 훌륭하고 긴 이야기를 들려주었는데, 그 어느 때보다 생생하고 재미있던 데다가 이렇게 대단한 호응을 받기도 처음이었다. 경이로운 일을 말할 때는 모두가 기겁하여 어찌할 바를 몰랐고, 익살맞은 이야기가 나오면 정확한 지점에서 어김없이 웃음을 터뜨렸다. 위대한 사람들이 잘 그러하듯이 남작도 너무 위엄이 넘치는지라 따분한 농담밖에 못 한다. 하지만 그러한 농담에는 근사한 호흐하이머 와인[6]이 넘치도록 권해지기 마련이었고, 오래 묵힌 와인이 양껏 제공되는 식탁에서는 지루한 농담도 거부할 수가 없는 법이다.

재치가 없는 사람이나 많은 사람이나 이러한 경우가 아니면 두 번은 듣고 싶지 않은 수많은 이야기를 실컷 쏟아 냈다. 귀에 대고 속삭이는 수많은 음흉한 이야기들에 여인들은 웃음을 참느라 애를 먹었다. 또한 가난하지만 흥이 넘치고 얼굴이 넓적한 남작의 사촌이 쩌렁쩌렁한 목소리로 한두 곡을 부르려 할 때는 고모들은 부채로 얼굴을 가리지 않고서는 못 견딜 정도였다.

이렇게 흥청대는 성대한 연회 속에서 이방인만은 내내 기이하면서

---

6) 독일 마인츠 부근의 호흐하임에서 제조되는 포도주이다.

도 연회와 어울리지 않는 엄숙함을 보였다. 밤이 깊어 갈수록 그의 얼굴엔 낙심한 모습이 역력했고, 심지어 남작의 우스갯소리가 그를 더 우울하게 만드는 것처럼 보였다. 가끔은 골똘히 생각에 잠겨 있기도 했고, 또 가끔은 불안하고 혼란하게 떠도는 눈빛에 불편한 마음을 드러내기도 했다. 신부와의 대화는 점점 더 진지하고 비밀스러워졌다. 평온했던 신부의 이마엔 어느새 걱정의 먹구름이 드리우기 시작했고, 여린 몸에는 떨림이 느껴졌다.

이 모든 광경이 함께한 이들의 눈을 피해 갈 수는 없었다. 알 수 없는 신랑의 침울함에 흥이 차갑게 식었다. 그들에게도 우울한 기분이 옮아갔다. 어깨를 으쓱하거나 미심쩍게 고개를 내저으며 속닥거림과 힐긋거림이 오갔다. 노랫소리와 웃음소리도 잦아들었다. 삭막하게 대화가 끊기는가 싶더니 한참이 지나 꿈같은 이야기들과 초자연적인 전설들이 그 자리를 대신했다. 음침한 이야기가 나오니 곧이어 더욱더 음침한 이야기가 이어졌다. 말을 탄 유령이 아름다운 리오노라를 데려갔다는 전설을 남작이 들려주자 몇몇 숙녀들은 겁에 질려 발작을 일으킬 지경이었다. 이 섬뜩한 이야기는 멋진 시로 지어져 지금은 전 세계인들이 즐겨 읽고 믿는 이야기가 되었다.[7]

신랑은 이 이야기에 특히 지대한 관심을 가지고 들었다. 그는 줄곧

---

7) 1773년 고트프리트 뷔르거가 발표한 〈레노레(Lenore)〉는 레노레의 죽은 연인으로 행세하는 유령이 번개 치는 무시무시한 밤에 말을 타고 나타나 그녀를 데려간다는 내용의 시이다.

남작에게서 시선을 떼지 않았고, 이야기가 끝나 갈 무렵에는 점차 자리에서 몸을 일으켰다. 넋을 잃은 남작의 눈에는 점점 커지는 그 모습이 우뚝 솟은 거인처럼 보일 지경이었다. 이야기가 끝나는 순간 신랑은 깊은 한숨을 내쉬고는 사람들에게 엄숙한 작별 인사를 건넸다. 모두 놀라움을 금치 못했다. 남작은 극도의 충격에 휩싸였다.

"뭐라! 한밤중에 성을 떠나겠다고? 아니, 맞이할 준비를 다 해 놓았는데 왜 그러시오? 그만 가서 쉬고 싶으면 묵을 방도 준비해 놓았소."

이방인은 슬픔에 잠겨 수수께끼처럼 고개를 내저었다.

"저는 오늘 밤 다른 방에 머리를 눕혀야 합니다."

신랑의 이러한 대답과 그 말투에 남작은 불안한 마음이 들었지만 다시 힘을 내어 한 번 더 친절히 청했다.

신랑은 말없이, 하지만 분명하게 모든 제안에 고개를 저은 뒤, 사람들에게 손을 흔들어 작별을 고하며 성큼성큼 연회장 밖으로 나갔다. 고모들은 망연자실하여 어쩔 줄을 몰랐다. 신부는 고개를 떨궜고 어느새 눈물 한 방울이 눈가에 맺혔다.

남작이 그를 따라 중정까지 가 보니, 그곳에는 검은 군마가 앞발로 흙을 파고 코를 힝힝거리며 서 있었다. 이어 두 사람은 성문 입구에 다다랐다. 화롯불의 빛으로 희미하게 불을 밝힌 깊숙한 아치형 천장 아래에서 이방인은 잠시 타고 있던 말을 멈추고는 남작에게 공허한 어조로 말문을 떼었는데, 둥그런 천장 밑에서 들으니 더더욱 무덤 속 같은 분위기를 자아냈다.

"이제 남작님만 계시니 제가 떠나는 까닭을 말씀드릴까 합니다. 저는 피할 수 없는, 굳은 언약을 했습니다……."

"아니, 다른 이를 대신 보낼 수 없는 일이오?"

"그 누구도 대신할 수 없는 일입니다. 제가 직접 가야만 합니다. 저는 뷔르츠부르크 성당으로 떠나야만 합니다……."

남작이 마음을 다잡고 말했다.

"아아, 그럼 내일까지는 안 되오? 내일 신부를 데리고 그곳으로 가면 되잖소."

이방인이 열 배는 더 엄숙하게 대꾸했다.

"안 됩니다! 안 됩니다! 저의 언약은 신부와 함께가 아닙니다. 벌레들! 벌레들이 저를 기다립니다! 저는 죽은 사람입니다. 도적 떼에게 목숨을 잃었습니다. 제 몸은 뷔르츠부르크에 누워 있습니다. 자정이 되면 땅속에 묻힙니다. 무덤이 저를 기다리고 있습니다. 저는 제 약속을 지켜야만 합니다!"

그는 검은 군마에 훌쩍 올라타 도개교로 돌진했고, 으스스한 휘파람 소리를 토해 내는 거센 밤바람 속으로 다그닥거리며 사라졌다.

남작은 경악하며 연회장으로 돌아와 그사이에 벌어진 일을 들려주었다. 두 여인은 단박에 기절했고, 다른 이들은 유령과 함께 만찬을 즐겼다는 생각에 소름이 끼쳤다. 어떤 이들은 유명한 독일 전설 속, 유령 사냥꾼일 거라 생각했다. 산의 정령, 숲의 악마, 그리고 아득한 옛날부터 독일의 선량한 민중들을 지독히 괴롭혔던 또 다른 초자연적 존재라 주장하는 이들도 있었다. 한 가난한 친척은 젊은 기사가 혼인을 피하려고 장난을 친 게 아닐까 하며 조심스럽게 의견을 냈다. 워낙 침울한 성격의 소유자이다 보니 우울해진 기분에 순간 충동적으로 저지른 행동일 수도 있지 않겠느냐고 했다. 그러나 그의 말은 모든 이들, 특히나 남작의 분노를 불러일으켰고, 남작은 이단자라도 되는 양 그에게 따가운 눈초리를 보냈다. 그리하여 그는 당장 자신의 반론을 접고 진정한 신자들의 믿음을 받아들였다.

그러나 그 이튿날 젊은 백작이 살해를 당해 뷔르츠부르크 성당에 묻혔다는 사실을 확인해 주는 서신이 당도하면서 이런저런 분분한 의견에 종지부를 찍었다.

성에서 받았을 낭패감은 짐작하고도 남을 일이었다. 남작은 방 안에 틀어박혀 꼼짝도 하지 않았다. 함께 축하하기 위해 성을 찾았던 손님들은 충격에 빠진 남작을 도저히 두고 갈 수가 없었다. 그들은 중정을 어슬렁거리거나 연회장에 삼삼오오 모여 그토록 훌륭한 젊은이에게 닥친 불행에 고개를 내저으며 어깨를 으쓱했고, 정신을 바짝 차려야 한다면서 식탁에 오래도록 눌러앉아 그 어느 때보다 기운차게 먹고 마셨다.

그러나 혼자가 된 신부의 처지야말로 딱하기 이를 데 없었다. 품에 안겨 보기도 전에 남편을 잃은 것도 억울한데, 하물며 그토록 멋진 신랑이라니! 유령이 그토록 정중하고 고결할진대, 살아 있는 사람이야 오죽할까? 신부의 애통함은 온 성을 가득 채웠다.

신랑을 잃은 지 이틀째 되던 날 밤, 그녀는 한방에서 자겠다고 고집하는 고모와 함께 잠자리에 들었다. 고모는 유령 이야기라면 온 나라를 통틀어 둘째가라면 서러울 정도로 잘했고, 그중에서도 가장 긴 이야기를 이제 막 들려주던 참이었는데, 채 이야기가 끝나기도 전에 스르륵 잠이 들었다. 방은 성안의 외진 곳에 있었고, 작은 정원이 내려다보였다. 그녀는 생각에 잠긴 채, 격자창 앞으로 뻗은 사시나무 잎 위에서 파르르 떨고 있는 떠오르는 달의 반짝이는 달빛을 가만히 바라보았다.

성안의 시계가 막 자정을 알리는 종소리를 울리자 정원에서 부드러운 선율이 흘러나왔다. 그녀는 서둘러 침대에서 일어나 창가로 사뿐하게 걸음을 옮겼다. 나무 그늘 사이로 알 수 없는 키 큰 형체가 보였다. 그 형체가 고개를 들자, 달빛이 얼굴을 비추었다. 이럴 수가! 유령 신랑이었다! 순간 꺄악 하는 비명이 들렸고, 고모가 그녀의 품에 털썩 쓰러졌다. 음악 소리에 잠이 깬 고모가 조카를 따라 조용히 창가로 갔다가 그만 그 모습을 보고 말았던 것이다. 그녀가 다시 고개를 돌렸을 땐, 유령은 이미 사라지고 없었다.

두 사람 중에서도 특히 고모는 진정이 필요했는데, 공포로 완전히 제정신이 아니었다. 반면 남편을 잃은 신부는 연인의 유령에게서조차 왠지 모를 사랑스러움을 느꼈다. 겉보기엔 여전히 남성미가 넘쳐흘렀다. 사랑에 애태우는 소녀의 마음이 남자의 유령으로 채워지기에는 턱없이 모자라겠으나, 그 실체가 없을 땐 유령조차도 위로가 되는 법이다.

고모는 신부의 방에서 다시는 자지 않겠다고 선언했다. 반면 신부는 웬일인지 이번만은 고집을 부리며 다른 방에서는 절대 자지 않겠다고 강하게 주장했다. 결국 신부 홀로 그 방에서 자야 했지만, 고모에게 그 유령의 존재에 대해서는 누구에게도 말하지 않겠다는 약속을 받아냈다. 매일 밤 연인의 수호 유령이 자신을 지켜 주는 방에 살고 있다는, 그나마 남은 유일한 서글픈 즐거움을 빼앗기고 싶지 않았기 때문이었다.

사실 고모가 이 약속을 과연 얼마나 지킬지는 장담하기 힘든 일이었다. 워낙 불가사의한 이야기를 들려주는 걸 즐기는 데다, 무시무시한 이야기를 전하는 최초의 사람이 된다는 데 큰 환희를 느끼는 사람이었기 때문이었다. 그러나 고모는 일주일 내내 그 비밀을 누구에게도 이야기하지 않았고, 이는 여자가 비밀을 지킨 기억에 남을 사례로 지금도 이웃들의 입에 자주 오르내린다.

하지만 어느 날 아침 식탁에서 신부가 보이지 않는다는 소식을 접하고 더 이상 입을 단속할 일이 없어졌다. 신부의 방은 텅 비어 있었다. 침대에는 잠을 잔 흔적조차 없었으며, 창문은 열려 있고 그녀는 어디론가 자취를 감춘 뒤였다!

위대한 사람에게 닥친 불행이 그의 벗들을 얼마나 혼란스럽고 술렁이게 하는지를 직접 목격해 보지 않은 사람이라면 그 소식을 접한 이들이 겪은 놀라움과 걱정이 어느 정도인지는 감히 짐작도 하기 힘들 것이다. 처음에는 말문이 막혀 입을 다물고 있던 고모가 두 손을 부여잡고

"유령이야! 유령! 우리 조카가 유령한테 납치됐어요!" 하고 비명을 질렀다. 그 순간 지칠 줄 모르고 먹어 대던 가난한 친척들이 식사를 멈추었다.

간단히 말하자면, 고모는 정원에서 목격한 소름 끼치는 장면을 말하면서 그 유령이 신부를 데려간 게 틀림없다고 했다. 하녀 두 명이 고모의 말이 허풍이 아니라는 사실을 뒷받침했는데, 한밤중에 산에서 내려오는 말발굽 소리를 들었고, 이는 의심의 여지없이 신부를 자신의 무덤으로 데려가는 검은 군마를 탄 유령이었다고 했다. 제대로 입증된 무수한 역사를 통해 알 수 있듯이, 그러한 부류의 사건들은 독일에서 매우 흔한 일이었기에 그 자리에 있던 모두는 그 불길한 가능성에 경악했다.

가엾은 남작에겐 그 얼마나 안타깝고 가슴 아픈 일이던가! 딸을 사랑하는 아버지이자 위대한 카첸엘렌보겐 가문의 한 사람으로서 이럴 수도 저럴 수도 없는 곤란한 상황이었다. 하나밖에 없는 딸을 무덤에 빼앗기든가, 아니면 숲의 악마를 사위로 맞아 자칫 요괴 손주들을 떼로 보게 될 형편이었다. 늘 그렇듯, 남작은 당황하여 어찌할 바를 몰랐고, 성 전체가 발칵 뒤집혔다.

남자들에겐 말을 타고 오덴발트의 크고 작은 길과 골짜기를 샅샅이 뒤지라는 명령이 떨어졌다. 남작 역시 이 불확실한 수색길에 오르기 위해 군화를 신고 칼을 차고는 막 말에 오르려는 찰나, 새롭게 등장한 유령을 보고는 그대로 얼어붙었다. 한 숙녀가 말을 타고 성으로 다가오고 있었는데, 그 옆에는 말을 탄 기사도 함께였다. 숙녀는 정문까지 전속력으로 달려와 말에서 뛰어내리더니 남작의 발치에 엎드려 그의 무릎을 끌어안았다. 바로 남작의 잃어버린 딸이었고, 함께 온 이는 다름 아닌 유령 신랑이었다!

남작은 놀라움을 금치 못했다. 남작은 딸을 쳐다보고 다시 유령에게로 시선을 옮겼다. 눈과 귀가 의심스러웠다. 유령 신랑 역시 저승에 다녀온 이후 모습이 몰라보게 훌륭해졌다. 차려입은 옷도 근사했고, 남자다운 균형 잡힌 고결한 풍채가 돋보였다. 더는 창백해 보이지도 음침해 보이지도 않았다. 잘생긴 얼굴은 젊은이답게 상기된 모습이었고, 크고 검은 눈에선 기쁨이 일었다.

수수께끼는 이내 풀렸다. 기사(여러분은 진작부터 알고 있다시피 그는 유령이 아니었다)는 헤르멘 폰 스타르켄파우스트라고 직접 자신을 소개했다. 그러면서 폰 알텐부르크 백작과 겪은 일을 들려주었다. 반갑지 않은 소식을 전하기 위해 급하게 성에 왔는데, 남작의 능수능란한 말솜씨에 사실을 전하려 할 때마다 실패로 돌아갔다고 했다. 신부를 본 순간 마음을 빼앗겼고, 신부와 함께 시간을 보내기 위해 은연중 계속되는 오해를 모르는 척했다고 털어놓았다. 어떻게 하면 그럴듯하게 빠져나갈까 몹시 고민하던 차에, 남작의 유령 이야기를 듣고 기이하게 빠져나갈 방법이 떠올랐다고 했다. 집안 간의 해묵은 원한이 두려웠던 그는 남몰래 여러 번 찾아와 신부 방 창 아래 정원을 어슬렁거렸고, 신부에게 구애하여 승낙을 받아 의기양양하게 신부를 데리고 떠났다 했으니, 결론적으로 말하자면 아름다운 신부를 아내로 맞이했다는 이야기였다.

다른 때 같으면 워낙 가부장적인 면이 강한 데다 가문 간의 분쟁에 있어서는 완고한 남작인지라 강하게 반대했을 것이다. 하지만 딸을 사랑했고 갑자기 사라진 딸로 인한 애통함이 크던 와중이라 딸이 살아서 돌아온 것만으로 크게 기뻐했다. 비록 사위가 원수 집안의 사람이긴 하나 감사하여라!

그는 유령이 아니었다. 물론 자신을 죽은 사람이라고 했던 기사의 말은 남작이 생각하는 절대적인 정직함과는 어긋나는 면이 있다. 그러나 그 자리에 있던 전쟁에 참전한 경험이 있는 서너 명의 옛 친구들이 사랑에 있어서는 그 어떤 술수도 용납할 수 있고, 최근까지 기병으로 참전한 기사인 만큼 특권을 누릴 자격이 있다며 남작의 마음을 달래었다.

그리하여 모든 일이 행복하게 마무리되었다. 남작은 그 자리에서 젊은 부부를 용서했다. 성에선 왁자지껄한 잔치가 다시 열렸다. 가난한 친척들은 이 새로운 가족의 일원을 자애로운 마음으로 격하게 환영했다. 신랑은 매우 용맹한 데다가 마음이 너그러운 것은 물론, 매우 부유했으니 말이다. 사실 고모들은 엄격한 격리와 절대적인 순종을 강조하며 가르치고 기른 자신들의 방식이 이렇게 나쁜 사례로 남았다는 사실에 다소 분개했으나, 이는 모두 창에 쇠창살을 달지 않은 자신들의 부주의 탓이라 여겼다. 특히나 한 고모는 자신이 들려준 기이한 이야기가

다 망쳐지고, 평생토록 딱 한 번 목격한 유령이 가짜로 드러나자 너무도 분한 마음이었다. 그러나 조카는 신랑이 피와 살이 있는 사람이라는 사실을 알고 그 누구보다 행복해 보였다. 이렇게 이야기는 막을 내린다.

아르볼 N 클래식

Sleepy Hollow

슬리피 할로우
워싱턴 어빙의 기이한 이야기

1판 1쇄 인쇄 2019년 7월 5일 | **1판 1쇄 발행** 2019년 7월 20일

글 워싱턴 어빙 | **그림** 달상 | **옮김** 천미나

펴낸이 권준구 | **펴낸곳** (주)지학사

본부장 황홍규 | **편집장** 박미영 | **팀장** 김은영 | **편집** 문지연 김솔지

디자인 이혜리 | **제작** 김현정 이진형 강석준 | **마케팅** 송성만 손정빈 윤술옥 이승혜

등록 2010년 1월 29일(제313-2010-24호) | **주소** 서울시 마포구 신촌로6길 5

전화 02.330.5297 | **팩스** 02.3141.4488 | **이메일** arbolbooks@naver.com

ISBN 979-11-6204-063-8 43840

잘못된 책은 구입하신 곳에서 바꿔 드립니다.

이 도서의 국립중앙도서관 출판예정도서목록(CIP)은 서지정보유통지원시스템 홈페이지(http://seoji.nl.go.kr)와
국가자료종합목록 구축시스템(http://kolis-net.nl.go.kr)에서 이용하실 수 있습니다.(CIP제어번호 : CIP2019025665)

 제조국 대한민국　**사용연령** 10세 이상
KC마크는 이 제품이 공통안전기준에 적합하였음을 의미합니다.

🌳 **지학사아르볼**　아르볼은 '나무'를 뜻하는 스페인어. 어린이들의 마음에
담긴 씨앗을 알찬 열매로 맺게 하는 나무가 되겠습니다.

홈페이지 www.jihak.co.kr/arb/book | **포스트** post.naver.com/arbolbooks